鳥心

思い出のなかの
バード・アンド・ハート

八木 雄二
YAGI Yuji

文芸社

1の㈠

独り古稀を迎える。この年齢で家族もなく家に独りでいることなど今どき珍しいものではない。年齢にしても、杜甫《とほ》の時代には古来稀《まれ》であったかもしれないが、今や日本だけで百六十万人もいるという。まことにありきたりの人間と知る。すでに人生は終盤に近づいている。もはや世間からはこれといった仕事の割り振りもなく、無為な老醜の日々を過ごしている。

ときどき、おのれの思い出をさぐり、おのれの人生のどこかに自慢できるような一日があったかどうかと考える。いい思い出はたしかにあった。だが、どれもありきたりと言えばありきたりかもしれない。同じ年齢が百六十万人いるとなれば、ほかの人にない珍しい思い出など、あると思うのは自分の驕《おご》りかもしれない。

とはいえ、どこかにおのれの人生の意味を見つけられるものなら見つけてみたい。無駄な人生だったとは思っていないが、古稀を迎えて確かめたくなった。そう思って近所の図書館に行き、宗教、哲学の類いの本棚を見て回る。しかし、手にとってみても、読めそうになかった。どこから読めばいいか分からない。

あれこれ小説を読んでみることにした。しかし、小説を読んでも、小説に描かれた人生はそれぞれどこか独特なものがあった。自分にはこんなことはなかったと、羨ましくなった。たしかにいい人生だと思える。しかし読み終えて時間がたてば結局は作り物の他人の人生だ。自分にとっては、結局、実人生ではない。人生にはさまざまあることは納得できたとしても、それだけのこと。自分の人生ではないし、自分が同じ境遇に置かれたら、小説に書かれているようにはいかなかっただろう。

偉人の伝記ともなれば、なおのこと、その落差は目も当てられない。わたしだったら描かれたようなドラマチックな場面に出会ったら、きっと途中で惨めな失敗があって、その時点で終わっていただろう。

考えてみると、世間並みに他人と夫婦にはなったものの、子供が育って独立し、子育てから解放されると、いつのまにか妻との間がぎくしゃくするようになった。このまま一緒にはいられないと、妻は出て行った。自分でもまったくだなと思ってしまう。楽しみを見つけてその楽しみをだれかと共有しようとしない自分のような男と一緒にいても、所詮、面白いことはないし、楽しみはないだろうと、自分でも納得するほかない。だからと言って反省して変われるかと言われたら、無理だとしか答えられない。ロボットならそれを制御するソフトを変えればいいだろうが、こちらは人間である。そのうえ、年寄りだ。この年になってから自分を変えることなど、やはり無理だ。

言われるままに、離婚届に判を押した。

一人でいるには大きすぎる家にいて、それでも引っ越す気力もなく、さまざまな工務店の営業担当者にぼろ家の修繕を促され、それも言われるままにしていたら、口座の残高もあやしくなり、どこかでアルバイトでもしなければと、人生の終盤に至って尻を叩《たた》かれている仕末だ。

どうしようかと悩んでいたとき、呼び鈴が鳴り、出てみると、三人の女性がにこやかに玄関先に立っていた。一緒に聖書を読みませんか、という誘いだった。ちょうどどうしようかと悩んでいたときだったから、あるいは、久しぶりに見ず知らずの人に声をかけられてつい話し込んでしまったせいか、結局、断り切れなかった。

㈡

約束の当日、教えられた家を訪ねた。

玄関先は開け放たれていた。見ていると、出入りする人影があった。それを見て、ここだなと分かった。黙って入ると、部屋の中では中高年の十数名の男女が集まって、ひたすらおしゃべりに花を咲かせていた。聞こえてくるのは日本語であっても、話の内容は遠い外国の世界だった。訳の分からない他人の話に飛び込む無謀さは年寄りのわたしにはない。ひっきりなしのおばさん方の声を耳元で遮断しようと、足元の板敷きの床を見ていた。

すると、人の間を縫って、わたしを誘ってくれた人が見つけてくれて、微笑《ほほえ》んで近づいてきた。わたしは無言で会釈した。おばさんだと思っていたが、その部屋では比較的若い人だった。周りの人たちの輪にはじかれて戸惑っているわたしに、彼女は近くのソファにとりあえず座るように勧めてくれた。わたしは中高年女性の姦《かしま》しさにうんざりしていたところだったので、救われた思いでその席に座った。

ソファに座り込んだまま何もできずにいるわたしに、彼女は幾分背表紙がすり切れた聖書を一冊持ってきて、それを渡してくれた。聖書は読んだことがなかった。どこから読めばいいか分からず、仕方なく、ただページをめくる動作を繰り返して、偶然目に入る文字を読んでいた。

しばらくして定刻になると、おしゃべりの集団の中で「先生」と呼ばれていた男性が一人進み出て、皆の前に立った。するととたんに会衆はおしゃべりを中断して思い思いに席をとった。こんなにたくさんの人がいて、この部屋の座席で全員座れるのかと心配していたが、前に立った「先生」を除いて、だれも立ちんぼうになる人はいなかった。

先生は聖書を開くと、一節を読み上げ、艶のある声で説明した。会衆は思い思いに同じページを開いて神妙にそこに目を落とし、先生の話を聞いた。先生はひとしきり話すと、「アーメン」と言った。

すると会衆は、皆で、

「アーメン」と唱和した。

その場にいたわたしは、内心、動悸《どうき》がした。人の声を聞かずに家で一人いたためか、神経が人の声に異常に反応したのかもしれない。十数名の唱和を耳にして、ふいに猛獣に襲われたように感じたのだ。しかし唱和はその一言だったので、恐怖も一瞬のことだった。とはいえ、心に刻まれた恐怖は初体験の種類の恐怖だったせいか、鋭利な刃物でさっと刻みつけられたように、しばらく心がチクチクとした。

先生は聖書を閉じると、

「では、皆さんで話し合いましょう」と言った。

すると会衆は、われもわれもと意見を口にした。猛獣の群れが再び口を開いたような光景であったが、今度はわたしに向かってくる気配はなかった。動物園の猛獣のいる檻《おり》の中を檻の外から眺めているような安心感が、隣の席の人との間にあった。

しばらくのざわつきのあと、一人の女性が突然、「先生」と言って立ち上がると、

「なぜイエス様は十字架にかけられたのですか」と聞いた。

先生は、にっこりと笑って、

「どうしてだと思いますか」と言った。

勢いよく立ち上がっていた女性は、自分ではその答えを見つけられなかったらしく、急に落ち込んだようになり、目を落とし、結局座り込んでしまった。

しばらく沈黙があった。わたしはどうなることかと思った。

するとそ前のほうで先生の助手をしているらしい女性が立ち上がって皆のほうを振り向き、

「さあ、ではその答えを、ここにいるどなたかの心に教えていただけるように、聖霊の御《み》霊《たま》に祈ることにいたしましょう」

と言って、前で手を合わせ、目をつむり、祈りの文句を唱え始めた。すると周りの人たちは慌てて両手を合わせ、目をつむり、祈りの文句を唱和した。皆が自分の真剣さを傍《はた》に見せようとしているのか、握った自分のこぶしに顔を埋めて祈っている。

わたしは、この人たちは本気なのか、心のどこかでこの集まりをからかって、そんな仕草をして遊んでいるだけではないのか、と疑った。しかし、祈っている最中も、祈りを終えた一瞬にも、そんなそぶりを見せる人は一人もいなかった。わたしは自分のひねくれた推測が間違っていたことを認めるほかなかった。

それでもわたしには、集会は不思議な雰囲気のする世界だった。

終わって、どこからか、声が聞こえた。

「たしか先生はおっしゃっていましたよね。イエス様はわたしたちの苦しみを救うために、自分から十字架にかかったのだと……」

皆が先生に注目すると、先生はにこにこしながら、

「そうですね」と答えた。

わたしは、十字架刑が十字に組んだ太い角材に両手足を太い釘《くぎ》で打ち付けるという、考えただけでもぞっとするような刑罰だと知っていた。まさか自分からというのは、ありえないだろうと思った。

しかし、だれもそんな疑問を口にしなかった。皆、小さく、何度も頷《うなず》いている。自分たちの仲間の答えに満足しているらしかった。

「では皆さん、賛美歌を歌います」

先ほどの助手らしい女性が皆の中で宣言した。

用意されていた歌集の本が配られた。歌にはどれも番号が振られていた。その中から言われた番号の歌を見つけだすと、中高年の女性たちは、言われたページを見つけられずに戸惑っている近くのお年寄りに教えていた。

だれかがオルガンを弾いた。歌に自信のある女性がきれいな声を響かせ、ほかはそれについていく。わたしも、口を動かした。歌詞の意味を考えずに歌った。自分も、声を出したかっただけなのかもしれない。三つの歌を歌った。どの歌も、喉と耳に快く響いた。

終わるとオルガンの優しい音が響く中で木製の箱が回された、皆、その中に、いくらかを献金した。わたしのところにも回ってきたので、準備していなかったが、あわててポケットを探って、そのうちのいくらかを入れた。

とりあえず、集会は終わったらしかった。献金箱が回り終わってそれが奥に片付けられると、机が出され、茶菓子が出てきた。わたしは人目につかないように、そっとそこを出た。

外の冷気に触れたとたん、深呼吸をした。そのとき初めて中の空気が人の熱気で淀《よど》んでいたことに気が付いた。中にいた人たちは、きっと皆、いい人たちだったに違いない。皆が、こちらが理解できないほどに先生のことばに従順だった。あれほど人の話を疑うことなく素直に喜べる人たちを見たのは初めてのような気がした。終わったとき、皆がそれぞれに満足そうな笑顔を見せていた。

だが、十字架の疑問はすっかり解消されたのだろうかと、わたしは怪しんでいた。しかし一人もわたしと同じ顔つきを人前にさらす人はいなかった。その集会のどこにも怪しいところはなかったし、魔術めいた動作も見られず、恭順を求める脅しもなかった。それでもわたしは、あそこで、何を恐れてか分からないが、息を殺して自分の心を押し隠していた。

なぜか分からない。世の中には、ああいう人たちもいたのだと、自分に言い聞かせてみた。しかし、わたしの心はかたくなだった。わたしは家族を喜ばすことができる男になれなかったように、だれかの教えに従順になることもできない人間なのだと、諒解《りょうかい》するほかなかった。部屋の入口でメールアドレスや携帯の番号を聞かれたが、やはり断ってよかったと思った。誘われて断るのがつらくて、来てしまったのである。しつこく誘われれば、また自分を裏切って、出たくもない集会に出る羽目になっていたかもしれない。わたしは青いだけの空を見上げた。

空まで新鮮味がなかった。どの方向にも、同じ青さが広がっていた。わたしは自然の中にさえ新鮮味を看取できない自分自身に、やるかたない不満を感じながら、その空の下を歩いて帰宅した。

㈢

わたしは家に帰ると、すぐに近所の図書館に出かけた。先ほどの集会の先生が言っていたことが分からなかったので、聖書を見つけてその場で少し読んでみた。しかし、話に出たところが聖書のどのページかも分からなかった。わたしは一般向けの聖書の説明がある本をいくつか借り出した。この機会に勉強してみるのも悪くないと思ったのである。

散歩に出る以外、家にこもって本を読んだ。聖書は一つ買って、新約聖書の福音書から読んでみた。ようやくあの先生が言っていたことが少し分かってきた。とはいえ、福音書に出てくる奇蹟やおどろおどろしい悪霊の話は、わたしにはどうにも受け入れがたかった。

旧約聖書の部分も拾い読みした。長い歴史物語はまだ読みやすかった。とはいえ、神が怒るとか、神が民族を導くとか、どこか別世界のことに思えて、やはりピンとくるものではなかった。

福音書に出てくる優しい神なら「信じる」というのは、分かる。しかし、自分は人生で真剣に戦ってこなかったせいか、旧約聖書に出てくる、力強く、戦う者の味方でしかなさそうな神を信じることは、自分のような者にはできないかもしれないと思った。自分も、もう少し若かったら、勇み心が刺激されて、こういう強くてかっこいい神を信じるのも悪くなかったかもしれない。しかし、わたしはもう年寄りだった。若い子たちが持つような憧れは、ばからしく思えた。

今までの半生、成り行き任せにし過ぎたかもしれないと、反省してみた。とはいえ、今さらという気にもなる。

しかし聖書のことが少しずつ分かってくると、それはそれで面白くなって、借りてきた大判の本でその時代の地図を眺めながら、大きな国に攻められたり、ほかの土地に攻め込んだりしてきたユダヤ民族の浮き沈みについて考えてみた。

国がなくなれば民族はなくなると思っていたら、ユダヤ人のように、国がなくなっても、ユダヤとか、イスラエルという名は残ってきた。彼らは、宗教で生きながらえてきた。これは、やはりすごいことだと思った。

その精神は、日本で言えば戦時中に唱えられた「大和魂」だろう。日本は、その精神で戦った。けれど、その信心で「負ける」と、その信心がだめだったという反省しか日本では起こらなかった。日本の神々は、敗残兵か、敗軍の将だった。うらさびしい神々の姿だった。輝かしい勝利の神は、アメリカ人の神だった。憧れの神として新しく見えたのは、自由の女神であり、キリスト教会だった。

ところが、ユダヤ人は違うのだ。自分たちが負けたのは神のせいではなく、日常生活のなかでユダヤ人自身がほかの神を拝み、自分たちの神を裏切っていたからだと考えた。負けたのは自分たちが信じていた神が弱かったからだとは、考えないのだ。悪かったのは神を裏切った自分たちだと考えた。自分たちが裏切ったので、神は自分たちの国をほかの国を使って滅ぼしたのだと考えた。だから自分たちの国が敗れても、自分たちの神が敗れたのではない。自分たちの神は、自分たちの中で裏切らなかったたった一人か二人のそばで生きている。その一人か二人というのが「預言者」だ。そして時を経て、その預言者のことばに人々が耳を傾け、再び民族がその神を信じて、その神に頼って国を建て直せば、また同じ神を拝する国ができる。

そうか、だから、ユダヤ教の姉妹宗教と言われるイスラム教の国には、いろいろな国があって、その間では争いがあっても、どの国も、「同じイスラム教の国」と言われるのかと、わたしは妙に合点した。

そして、考えてみると、日本の神々も、全国津々浦々に、かろうじて残った自然に守られて生き残っているだけだ。それを守ってきた少数の地元の人々のおかげだ。相変わらず金目当てに「壊す」連中がいるが、そういう連中と、神社の総師たちが仲良くしているように見えるのは、そう考えると奇妙だった。

聖書をつらつら読むうちに、聖書を研究する聖書学の本も読めるようになった。読んでみると、子供だましに思えた「預言の成就」とやらも、後出しじゃんけんのようなものだと分かった。聖書とはいえ、おおよそは作られたものなのだ。後になって、その事実は以前にだれかが預言していたのだと述べて、読者に預言者を信じ込ませ、同時にその預言者が述べる事実解釈を神による解釈だと、皆に信じさせる。

昔は、文書はすべて手書きだった。字が書ける人、読める人は限られていた。しかも複数の部数の本がつくられても、それを皆が見るわけではなかった。文書を読める人がごく一部である上に、その一部の人たちは少数の仲間うちだから、外に対して秘密を守り抜くことができる。疑うような人間には見せなくて済んだ。だからだれかが隠れて書いたものが、いつか時代を経て、本物の預言だということにもなる。違う、という証拠は残らない。それが信仰だと言えば、その通りだ。

現代日本に置き直せば、こんな具合だ。たとえばあるとき全国紙の新聞紙面にスクープ記事が載ったとしよう。それによると、最近になって福沢諭吉の遺品の中からメモが見つかったという。メモには次のようなことが書かれていた。

「五十年後、この国は大きな戦争を起こす。たくさんの人が死ぬ。悲惨さを極め、ついには特殊な恐ろしい爆弾が落とされる。日本は戦争に負け、占領され、蹂躙《じゅうりん》される。しかしこれは大君の神が驕りがちな国民を叱正して大いなる反省を促し、我が国を因習から解き放し、良き国としようとする思いによって起こされた戦争なのだ。いつかそれが分かるときが来るだろう。それが分かるとき、日本は大君の神のもとに良き国となり、ほかのすべての国から称賛されるだろう」

この記事を読んだ読者は、福沢がそれを書いた五十年後に実際にあった日中戦争、太平洋戦争を考える。新聞紙面には、これは密《ひそ》かに福沢が神のことばを受け取り、それを隠していたメモに違いないと、文書の日付を確認した多くの評論家の言質が載る。有名国立大学の教授その他のそうそうたるメンバーである。しかしメモは密かに隠され文書自体は人々の目から遠ざけられる。新聞読者は記事を信じるほかない。数年後にはそれが学校の教科書に「福沢による預言」の名で掲載される。

現代日本ではありそうにないが、このようなことができれば、作り話が立派な預言として通用する。聖書もそんなふうに作られ、ユダヤ民族のうちに共通の心を育ててきた。たしかに日本でも、敗戦後の国民が「福沢の預言」を信じて発奮してがんばり、国が良くなれば、結果は支配者にとっても国民にとっても良いのだから、それが「騙《だま》し」であろうと、結果オーライ、ということだ。

要するに聖書というのは、ユダヤ人や信者にとって、預言が実際には事実のあとに書かれていても、その事実が起こる前にその預言は語られていたという姿をして、信仰を確かなものにしている本なのだ。

聖書に書かれた歴史は、神が作った地上の歴史とされている。そしてそれは幼い頃から同じ民族が学ぶべき聖書という「教科書」に載せられている。国定教科書ならぬ、民定教科書だ。国家が失われても民族が生き残ることを目指して、事実のあとになって書かれた歴史が、彼らにとっては真実の歴史なのだ。「ことば」の力はすごいものだ。

その書によって、すでに歴史となった事実の裏にあった「神の隠された意図」が露《あら》わにされる。聖書の中に、神の目から見た民族の歴史がある。聖書の歴史は、神と民族の歴史であって、国家の歴史ではない。われわれ日本や中国には、こんなふうに、神と民族がセットになった歴史は、書かれたためしがない。他方、その神を信じる人たちにとって、その歴史は国家を超えた民族意識を育てる歴史なのだ。

さらにキリスト教は、ユダヤ民族以外の多様な民族の間に広まった。すると聖書の歴史はもはや特定の民族の歴史ではなく、同じ信仰を持つ人々の間で、信仰の起源についての歴史に変貌している。

日本人に民族意識はあったとしても、民族の大方が特定の神を信じたり裏切ったりしたことはない。日本は山がちの島国だ。山や海に囲まれて、皆が一堂に集まれる機会はなかった。だからユダヤ人のような歴史は日本にはありえない。そのために日本人の多くが彼らの神に興味が持てないのは仕方ないだろう。

とはいえ聖書には、『論語』や『孟子《もうし》』、『老子』のように、心に刺さる良い話がたしかに書かれている。それはそれで魅力的だ。

しかし文学作品と同じで、聖書にはある種の真実が書かれていても、それを覆っている部分はユダヤ人好みになっているか、ヨーロッパ人好みになっている。それは衣服が体形に合わせて作られ、巧みに体を飾っているだけであるように、聖書に書かれた奇蹟の数々は、その時代の人々の目にはいかにも魅力的で、むしろ説得されたくなる種類の話だったということなのだろう。病気の人は、治してほしいと思っている。ならば病気が治る物語を作ることで、みんなを説得できれば、みんなは続きの夢を求めて、ほかの話も聞いてくれる。

しかし、脚が思うように動かせなかった人がイエスに触れて次の瞬間には治ってしまったという奇蹟物語も、現代に生きる人間の目には突拍子もない六〇年代のパンクに見える。流行に敏感な目には、流行遅れの服がどうしてもゴミに見えてしまう。人間の目は時代の流行に左右される。それは今も昔も同じだ。人間の目が持つ業《ごう》のようなものかもしれない。

聖書をそのまま信じないのは、たしかに素直でないかもしれない。奇蹟は起こってほしいところで起こるのが「わたしたちの夢」だ。ならば、その夢を信じるのは悪いことではない。いいことだろう。そう考える人も多い。わたしが誘われた集会の様子を見れば、たくさんいるに違いない。だからわたしの見方は、「一部」の見方であり、科学時代の皮肉な見方かもしれない。

㈣

思い返してみると、自分も仕事で本の編集にかかわってきた。編集者は無名の立場である。聖書にも無名の編集者がいたという。編集者は、本の書き手が書いた後に、赤を入れる。編集者としては、勝手に、ということではなくて、書き手への提案に過ぎない。しかし聖書は書き手がはるか過去の人である。あるいは、だれも見たことがない神である。出版する側の考えで書かれたものに赤を入れる。そして、次の時代には、だれかが書き入れた赤だという証拠は残っていない。当時は文書は手書きでしかない。同じ墨で書かれている。後から見ればそこに書かれている全部が、書き手が最終的に認めた文だということになる。聖書という文書を信じる、ということは、まさにそういうことだ。

わたしもそれに近いことを仕事にしてきた。どこかで、この時代の、この国の、信じやすい人間の業《ごう》を利用して、仕事をしてきた。

自分が原稿を取りに日参していた大学教授の顔が浮かんだ。彼はたくさんの弟子を抱えていつも満足そうな顔をしていた。彼が書いたものは脱字、誤字だらけだった。助詞の使い方もおかしかった。分かりにくいところが頻出した。わたしは適当に想像して主語を入れ替えた。文意が変わらないように、いろいろなところに赤を入れた。忙しい教授は見もせずに、「それでいい」と原稿を返してきた。

わたしが赤を入れた文が著者の文として雑誌に掲載される。たくさんの人がそれを読む。すると自分が編集をしていた専門雑誌には、その教授の説を裏書きするような実験結果の報告が、繰り返し載った。やがて教授たちの間でその説が広まり、賛同する人たちが増えていった。書き手の教授は大いに喜んでくれた。同時にわが社の雑誌の購読者が増える。それにつれて社長の口元が緩む。併せてわたしの地位が上がり、わたしの給料が順調に上がってわたしの口元も緩む、という具合なのだ。

しかし、その教授の説も時を経て疑問が出され、海外から新説が聞こえてきて、皆がそちらに殺到すると、一挙に忘れ去られていく。わたしのほうも何もなかったかのように、新しい説の紹介者を探して原稿を頼みに行く。そういう繰り返しだった。

何が本当か分からない。すべてが作り物で、ただそこにみんなが甘い蜜の香りを嗅ぎ出して殺到する。その動きに遅れずについていくことで会社に利益がもたらされ、わたしの給金が滞らずに出る。それを見て、わたしはこれでいいのだと満足する。そしてまた同じ流儀で仕事をする。それ以外に何かできることがあっただろうかと、今は思う。

昔のことは考えないように暮らしてきた。しかしそれは皆に後れないためだった。社会に後れずに、少しでもほかに先んずるために、新しい話を見つけなければならない。聞き耳を立てておかなければならない。昔のことなど、振り返っていられなかった。そしてそれが習い性となっていた。

しかし、今や年金生活である。時間はたっぷりある。振り向いてみるべき自分の半生も、半世紀分あまりある。聖書に、「悔い改めよ」とあった。印象的なことばだ。ならばと、一念発起した。この際反省を込めてわたしは自伝小説を書くことにした。

思えば、これまで日記はいつも三日坊主に終わってきた。日記は、今日のうちにか翌日のうちに、その都度思い出して書くものだ。だから忙しいと続かなくなる。小説なら、いつから書き始めてもいい。書く内容も、自分の人生の、どの期間、どれくらいの長さの期間にとどめても構わない。小説仕立てだから、想像を交えて描いても構わない。自分の書いた自伝など、だれにも読んでもらえないことは日記と同じだ。過去を思い出して、いくらか現在からの編集をしても、だれからも文句が来ない。

とにかく過去のことを強制的に文字にしてみれば、仕事で身に付けた習性を振り払って、過去を振り返ることができる。それは確かなように思えた。わたしも、人を傷つけてきたことが大いにあった。ここは自伝的な小説を書いて悔い改めるのがいい。

実際、いろいろと聖書をくさしてみたが、自分も世の中に虚偽と真実を織り交ぜて広めてきた。罪深いことをしてきた。会社の中で生き残ろうとすれば、ほかを追い落とすことになる。聖書にある「罪人」とか「悔い改めよ」という言葉が、自分の心に刺さってくる。以前だったら、家族がいて、それを守ることに疑いはまったくなかった。他人を追い落としても、生き馬の目を抜く世の中で家族を守るためにすることだ。自分を「罪人」だと認め、わざわざそんなことで「負け」を認めるようなことは、断固として撥《は》ねのけてきた。しかし独りになった今、撥ねのけて守らなければならない家族はいない。また会社を辞めているのだから、仕事のために自己保身をはかる意味もない。

小説は、だれかに読まれるものであったとしても、読んでもらわなければならないわけでもない。自己満足でけっこうじゃないか。しかも、自分はもはや孤独な古稀の人間だ。身の半分は、この世にいない。人目を気にする歳《とし》でもない。人に見せない日記を書くつもりで、汚いおのれの罪を思い起こして、イエスが言うように、悔い改めてみるのも悪くない。イエスによれば、そうすれば神とお近づきになれる。

第一、自分の人生の意味を探すと意気込んだのは、だれでもない自分だ。小説を書く時間はある。死ぬまでぼんやり時間を過ごして平気でいられるような心のゆとりは、わたしのような年寄りにはない。ここは振り返るしかないではないか。思い出したくなかったことも含めて。

わたしの心に久しぶりに火がついた。そして枯れた木切れには火がつきやすいように、老いて枯れた身には、危険な火がつきやすい。周りに火消しに走ってくれる人はいない。

だれかに読まれて身を滅ぼすことがないように、密かに祈る。

原稿用紙を買い込んできた。しかしいざ書くとなると、何度もあれこれ考え直した。どこから書けばいいか、何を書こうかと、それでも真剣に考えた。若い頃のことを思い出すと恥ずかしいことや、なぜそうしたのかと今さらながらに考えることばかりだった。しばらく書きだせなかった。しかし、時間は迫っているのだと思った。思い切って人に聞かれたくないことから書くほかないと思った。

2の㈠

その頃、まさにわたしはニキビ顔の高校生だった――。

本当に恥ずかしい話だ。親に知られないところで大人の女性との間に性愛関係をもち、体は性欲に突き動かされていながら人前では知らないふりをして清純さを装い、心の中では学校で接する同年配の友人たちに対して、俺は大人の女性と付き合いがあるのだと、優越感を抱いていた。

わたしはもちろん、自分の中の醜い優越感に気付かれないように気を付けていた。しかし今思えば幼稚な高校生が隠しきれたとも思えない。口には出さなかったとしても、わたしの顔色や態度を見て、クラスの友人たちは自分たちが小ばかにされていると感じていたかもしれない。そうだとすれば、友人たちはさぞや嫌な思いをしただろう。

そういえば高校時代のクラス会の知らせも還暦のときに一度あったきりだ。そのときはどんな顔で皆の前に出ればよいか分からず、結局、出ずじまいだった。出ないでよかったかもしれない。出たら、何を言われたか知れない。

とはいえ心の倉庫にしまってずっと鍵をかけてきたその罪深い生活は、ほんの数ヶ月の間のことだった。始まりは高二の終わり、三月の試験期間の間のことだったと思う。試験勉強の緊張感で夜眠れなくなり、ふと家を出ると、わたしは一人で夜道を散歩していた。とつぜん女性が後ろからぶつかってきて、わたしはのけぞるようになって倒れた。身構える間もなく首が強く振られたことで、わたしは心身のコントロールを失った状態で、何が起きたかそのときは分からなかった。あとで聞いたことだが、酔っていた彼女は駅からの帰り道、いっとき後ろから知らない男に追いかけられ、怖くて必死で走り、何とか逃げることができたが、怖くて絶えず後ろを気にしていて、前にいたわたしに気付かず、小走りのままぶつかってしまったらしい。転んだわたしは顔にけがをした。もちろん擦り傷にすぎない。

しかし彼女はあわてて、わたしを自分のアパートに引きずり込んで、部屋の電気の下で傷口に薬を塗ると、わたしが昔の恋人に似て見えたらしく、いきなり酒臭い唇を押し付けてきた。そしてそのまま自分のベッドにわたしを押し込み、服を脱いで肌をさらしてきた。

わたしは予想もしていなかった展開の中で、だれかにこのことを知られないか不安になりながら、自分から始めたことではないと弁解がましい考えをめぐらしていた。そしてほとんど無意識の内に、柔肌のとろけるような快感に促されてベッドの中で服を脱いだ。

終わって、ふいに静かな、元の世界が戻ってきた。女性の化粧の香りが漂う暗がりをわたしは見つめていた。彼女の体温で体の芯から温められるのを感じながら、わたしは何かが大きく変わったような気がした。大人になり、人生の最後のステージに立ってしまったような気がして怖くなった。今思えば、人生をまだ知らない若者の独り合点に過ぎなかった。しかしそのときは、まだそうとしか思えなかったのである。最後のステージだから、もう次の新しい世界は自分にはないのだというあきらめが心に広がった。

思いもよらず起きたことだった。あくまでも不意のことだった。それでも突然、わたしは次のステージに向かう希望を失い、同時に、最後のステージに立った満足感がないまぜになって、ベッドの中でそのままじっとしていた。

彼女は寝息を立てていた。大人の女性の顔だった。暗がりの中にうっすらと浮かぶその顔をまじまじと見た。あどけない同じクラスの女子たちの顔と比べている自分がいた。自分は大人なんだと思いつつ、だからと言って、大人ならどうするのか分からず、彼女を起こしてしまうのを恐れて同じ布団の中で身動きできずにいた。ベッドを飛び出て家に帰る決断がつけられなかった。

そのまま、朝を迎えた。

しかし、窓の外、カーテン越しに朝日を感じて、ふいに、急いで帰らなければ母親に見つけられると気付いた。わたしは飛び起きて服を着ると、寝ぼけ眼で驚いている彼女を目の端に一瞬見ただけで、何かから脱出するように、慌てて彼女のアパートを出ると、そのまま走って家に帰った。

母親は寝床で玄関が開く音を聞いたらしい。きょうはずいぶん早かったのねと、母親は朝食のとき、からかい半分に言った。わたしが明け方に散歩に出たとでも思ったらしい。わたしはそれを聞いて、嘘《うそ》の頷きを返しながら、内心、安堵《あんど》した。

試験が終わったあと、親には内緒で恐る恐る彼女のアパートを訪ねた。思いもかけず、戸口でわたしの顔を見た彼女は、あら、と嬉《うれ》しそうな笑顔を見せて歓待してくれた。それからずるずると、学業を怠けがちになりながら、彼女のアパートを訪ねるようになった。しかしそれも数ヶ月のことだった。夏が来る前に、ふいに彼女は転職したからと言って引っ越していった。

わたしは体を持て余すように映画館で一日過ごした。それに飽き疲れると、遠くまで散歩に出かけた。夜中はラジオを聴いて過ごした。あれこれと本を読み、その合間に、気の向かないままで受験勉強をした。家族は、受験生だからと気を遣ってくれているようだった。何も言わず、好きなようにさせてくれた。

しかしわたし自身は、内に満たされないものがあった。何をしてもそれが変わらなかった。打ち消すことができない苛立《いらだ》ちを感じていた。昔なら、寺にでも入って修行すればと考えられたかもしれない。しかし時代は変わっていた。もはやそんな古臭いことは考えられなかった。とはいえ、ほかにそれを乗り越える道があったわけでもない。心の中で満たされないものは底なしの空隙だったから、乗り越えると言っても、足を乗せる確かなものは何一つない。「乗り越える」ということば自体が空《むな》しく響いた。

だれかにうまく説明することばを見つけることもできない。そのできないことが、つらかった。幼かった頃、痛みがあれば医者の前に座らされ、このあたりが痛いと言えば、医者はどれどれと、伝家の宝刀のように胸にぶら下げていた聴診器をわたしの胸に当てて鼓動を聞き、手首に二本の指を当て、脈を診て、何が問題か、適当に見つけてくれた。そして「大丈夫、なんでもない」と笑顔を見せて、当たり障りのない薬を処方してくれた。

心の中の空隙は、医者に診てもらえるところになかった。それは虚無でしかなかった。やっかいな相手だった。「なんでもない」ことは確かであっても、生きる気力が吸い込まれていく。気力が奪われていく空隙は、自分の人生を、ただただ、無意味なものに思わせた。

広い道路を、スピードをあげて次々と走る車の列を見ながら、ここで飛び込んで死ねたらいいと思うこともあった。死ねないのは自分に勇気がないからだと思った。死のうとする勇気も気力も、その虚無感が奪っていたのかもしれない。虚脱感と無意味さが、わたしの心が見る人生の寂しい色だった。

（二）

夏休みは学習塾に通い、秋になってしばらくした頃、わたしは雨の中を一人でハイキングに出かけた。観光好きの人たちにも人気の郊外の低山だった。

駅前から登山道の入り口まで、ハイキング客目当ての商店街がある。その日も、どの店も店舗を開けて客を待っていた。しかしあいにくの雨である。道を歩く人の姿はほとんどなかった。わたしは用意していた雨合羽を着て、駅の改札を出ると、そのまま人気《ひとけ》の少ない登山道に向かった。

耳元で雨粒がビニールの雨合羽を叩く音がしていた。雨合羽から出た足元や手は、容赦なく雨に濡《ぬ》れた。ふだんは傘をさして体から離れたところで雨をはじいて歩いていた。こうして全身で雨に濡れながら歩く自分を思うと、うらさびしく、惨めな気がした。人目が気になってしまう街路は、ずっと、うつむき加減に歩いた。

しかし緑に囲まれた登山道に入ると、ようやく気が晴れて修行者の気分になれた。道の上で撥ねる雨粒も、いくぶんかは滝行の気分を味わわせてくれた。気力を削ぎ続ける嫌な虚無感を作っているのは自分の心の汚泥なのか、心に降り積もった塵《ちり》か、あるいは、ただの無知か分からなかった。しかしなんでもいいから、とにかくそれを洗い流してほしいと、わたしは合羽を打ち続ける雨水に祈っていた。

登山道の脇を一筋の川が流れていた。一跨《ひとまた》ぎで渡れそうな狭い川だ。ふと何かを感じて向こう岸の崖を見ると、そこにイノシシの子供が一匹うろついていた。向こうもこちらに気付いたようだった。わたしは思いもよらない野生との出会いに驚いて立ち止まった。もうウリ坊とも言えない大きさに育ったイノシシの子供だった。

イノシシのほうも戸惑っている様子だった。しばらくわたしを見ていて、わたしが何もせずにいるのを見守るようにしてから、警戒して上げていた頭を下げると、ゆっくりと向こう岸の崖に続く藪《やぶ》の中に入っていった。わたしは、立ち止まったまま、それをじっと見ていた。

イノシシがいなくなったあとは、そこに今の今までイノシシがいたことなど嘘のように、変わらない景色があった。向こう岸に藪があり、藪が崖の上まで続いて、その先には植林された杉の若木が立ち並んでいた。そこに動物の気配は微塵《みじん》もなかった。生まれて初めて見た野生のイノシシは、記憶の中だけになった。

同じ記憶の中に、もう一つの記憶があった。幼かった頃、祖父に連れられた旅先でのこと、山の中の村道を歩いていたとき、道端の狭い檻にクマが一匹、入れられていたのを見た。狭い檻の中でクマは身を折りたたんでじっとしていた。体全体を覆う毛は真っ黒に輝いて、大きな体のわりに小さな目が、きらきらと光っていた。子供心に、捕まえた、という気分にはなれなかった。かわいそうに、運悪く捕まってしまったクマが、そこにいた。わたしには自分と同じ子供に見えた。助けてあげられない自分が辛かった。

クマはもう死んでしまっただろうが、古稀を迎えた今になっても、わたしはその出来事を忘れられずにいる。イノシシに出会ったそのとき、都会暮らしのわたしに二度目の獣のにおいとの出会いがあった。それは、よく考えると、都会に生まれて育つ中で、異世界に触れる数少ない衝撃だった。そしてその衝撃は、いくぶんかは、ふいに引っ越していった彼女がわたしに教えてくれたこと、大人の異性の体臭と化粧水の入り交じった異世界の感覚に通じていた。

わたしは、体の芯にまで通じた女性とのつながりは、いつまでも続くものだと勝手に信じていた。ところが彼女のほうは、そのときすでに簿記の専門学校に通い、仕事先を変えようとしていた。わたしとの関係は、その合間に生まれた一つのアヴァンチュールに過ぎなかった。

そんなこととも知らず、彼女との性愛を思い出すたびに自分は大人だという慢心が自分の心を占めていた。慢心は、ふと、日常の中で級友たちの顔を思い出すときも、そのたびに自分の心に広がっていた。自分でも嫌だった。残念なことにわたしの中でそれが清純なクマの記憶と交わる。幼い頃、黒くつぶらな目を、悲しげに光らせていたクマを見たとき、檻の中から放してあげることができなかった子供の頃の無力感が、また心を占める。あのクマはどうなったのだろう。

そのクマのことでは悲しい最後を想像して、悲嘆にくれることしか自分にはできなかった。心にたまった何かが、自分ではどうしようもないものになって、わたし自身を抑え込んでいた。それは人にはうまく説明できない悲しみであり、辛さだった。

高校時代の性愛体験も、すでに過去のことであり、古稀を迎えた今は消え去っている。だれにも見られない心の中のことだから、だれかに見つけられて高笑いされる心配はない。しかし、肝心の自分には、どうしても目について仕方がない。当たり前だが、自分から自分を、引き離すことも、隠すこともできない。記憶は、たしかに現実にあったことが心に刻み付けられた心の記録だ。過去の現実が変えられないのと同じく、その記憶は変えることができない。帳面に書き込まれた日記を読み返すたびに、そこに書かれたものが思い出されるのと変わらない。心の中から完全に消去することはできない。それは分かっている。それでもつらかった。雨合羽を打つ雨粒に、何とかしてほしかった。

㈢

イノシシは影も形もなくなっていた。わたしはそのことに気付くと、心の中の葛藤に一区切りつけ、また小川の脇の上り坂を歩き始めた。しばらくすると道は太い幹をもつ木々に囲まれた道になり、坂は急になった。ごつごつと木の根の張りが地面から飛び出している。雨に濡れて泥道は滑りやすくなっていた。わたしは剝《む》き出しになった岩や根の張りを頼りに急坂を大股で登った。雨の中では鳥の声も聞こえず、林を打つ雨音だけがあたりを覆っていた。中腹まで登ったあたりで、息が切れて、雨の中で立ったまま一休みすることにした。

わたしは泥水が流れる山道の中央から離れて、脇の大木の根元に立ち止まり、何度か深呼吸して呼吸を整えた。雨は朝から沛然《はいぜん》と降り続いていた。木々の数本先の大気は白い霧に包まれ、山全体が白霧の海に沈んでいた。空に昇った水が大地に還《かえ》り、われもわれもと、競うように居場所を移している。雨粒は下に落ち、土の上を横滑りしていく。雨粒は笹《ささ》の葉を叩き、周囲の景色を刻一刻と変えていた。この舞台には、朗々とセリフを語りだす俳優は一人も登場しない。わたしの周りで自然のドラマが、人間を除いたかたちで進行していた。

わたしはその場に居ながらまったくの観客でしかなかった。自分だけがその自然のドラマに参加できないことを、わたしは認めるほかなかった。わたしの中には相変わらず埋めることのできない空隙が広がっていた。木々の葉を叩く雨音も、山道を流れ下る雨水も、わたしの外にあった。わたしの中にぽっかりとあいた空隙に、それは決して流れ込まなかった。わたしの中の虚無は、静かに、何物にも影響されず、無関心に、一歩も日の差す外には出ずに、ただ黙然としてとどまっていた。無感動なのか、不感症なのか。まるで動かずにいた。

わたしとしては嫌になってわたしの胸から出て行ってもらいたかったが、それ自体が「虚無」だから、どんな刺激があろうと、なんの反応もない。なんの主体性もないから、どんな刺激もどんな説得も利かない。外では自然のドラマが進行していた。そのドラマに接して、わたしの手足は雨水でずぶ濡れになっていた。わたしの視覚は初めての体験をまさに味わっていた。それにもかかわらず、わたしの中の虚無は、じっと動かなかった。

ふと見ると、自分が手を添えて寄りかかっている木の肌を、水が走り下りている。水の表面が小さくきらきらと光る。ごつごつした木肌を、小さな水の流れが、下へ下へと無音で乗り越えていく。その波が盛り上がったところで、水は雲を通してたどり着いたかすかな太陽の光を反射していた。潮が大海原で悠々と波打つように、雨滴も、枝葉に落ち、枝葉を伝ってさらに幹を伝うとき、よく見なければ気付かないほど小さく、それでも悠々と、波打って進んでいた。雨水は次から次へと、間断なく幹を伝って落ちていく。水は滞留することも、はじかれることもなく、幹の木肌の凹凸に沿って走り下りていた。

その水は、表面張力と呼ばれるものによって幹を伝い、太い根に張り付いて地下にまで進もうとしている。地下に受け入れられなかった水は、抗《あらが》う様子も見せず、それを楽しむように身を震わせて、地面にあふれ、今度は山の斜面を下っていく。それはこの先でイノシシがいた崖下の小川に流れ込み、その先で奔流となって大きな河川の一部となり、海に戻るのだろう。

　地下に潜った水の行方はわたしたちには見えない。太陽の光の届かない地下深くを、わたしたちが知る由もない水脈が無数に走っている。そこにもきっと、さまざまなドラマが進行しているに違いない。あるいは、複雑なシンフォニーが奏でられているのだろうか。地下にもぐりこんでいる木々の根は、それを聴いているのかもしれない。もしかしたら、頭を下げて歩きだしたあの無骨なイノシシも、いつもそれを聴いているのかもしれない。水のシンフォニーは、河川が最後にたどり着く海の神ポセイドンを悦《よろこ》ばす壮大なシンフォニーになって、この世界のどこかで演じられ、鳴り響いているのかもしれない。

　でも、悲しいかな、どんなに目を凝らしても、耳を澄ましても、わたしにはそのシンフォニーは、聞こえなかった。

　わたしは周囲の大自然からつまはじきにされている自分を感じていた。満たされることのない空虚な思いは、そのせいに違いなかった。

(四)

　わたしは悲しい思いでしばらくそこに立っていた。しかし、待っていても自然がわたしに手を差し伸べて特別に何かをしてくれることなどないことは、分かり切っていた。心の中の虚無を、山に降る雨に当たって洗い流したかった。

雨は沛然と降り続いていた。わたしは山の頂上に立つことをあきらめて、帰ることにした。帰りの下り道、顔にかかる雨のしぶきはそれでも希望を遂げず帰るわたしに優しかった。わたしの心が流す涙の代わりになってくれているようだった。駅までの道は、思いがけず、あっという間だった。駅に着くと、わたしは雨合羽を脱ぎ、それでも雨に濡れた手足をタオルで拭いて、山の中で秘密の時間を過ごしたことは忘れることにした。

間もなくホームに電車が入ってきた。それを見ながら、帰ったら机に向かって何食わぬ顔で勉強しようと思った。終着駅で降りる人はまばらだった。乗る人間も、数人だった。電車の座席に座り込み、動き出すのを待ちながら、わたしは一人、活を入れられた運動部員のようだった。たまには健康のために運動しようと考えた山登りだった。それでも心の奥底には甘え心があって、結局は慰めを得ようとして来た山にすぎなかった。山は、朝から雨を降らして人気《け》のない秘密の道をわたしのために用意してくれていた。その道の上で、軟弱な慰めを拒絶して、わたしを無言で厳しく叱咤《しった》してくれた。

わたしの意欲を奪う虚無は、だれのせいでもない、自分のせいだ。友人たちに対して、自分は女を知っている大人だと、暗い優越感を抱いてしまうのも、自分のせいだ。山は、わたしの頬を厳しく打つこともせずに、ただ静かに雨水を降らし、雨水を流して無言で教えてくれた。

言うまでもなく、雨に包まれた山に厳しく叱咤されたとしても、わたしは虚無から離れるすべを知らなかった。卑劣な優越感を心から拭うこともできなかった。しかしそれでも、そのとき何かが納得できたせいか、その後はしばらく受験勉強に専念することができた。おかげで、わたしは志望の大学に、なんとか入ることができた。

3の(一)

文学部に入学した。親にも、本心は言わなかった。両親は、わたしが順調に人生を過ごしているように見ていたと思う。まだ小学生の妹がいる家の中には笑いがあり、笑顔があった。自分でもことばにできない悩みを、そんな両親に理解してもらうことは、期待できなかった。

わたしは一人、哲学か心理学を勉強して「虚無」の正体を知りたいと思っていた。親は、わたしが受験科目が少ないことが理由で私立大学の文学部に入ったと思っていた。そのうえ、両親は口数が少なくなった男のわたしより、何かと口数が多くなった小学生の妹のほうが相手にしていいて楽しかったに違いない。そしてわたし自身は心にかかる悩みだけで、いっぱい、いっぱいだった。妹に向かう両親の愛情に嫉妬する気持ちの余裕はまるでなかった。むしろ長男でありながら両親の期待を背負わなくてもよさそうだったことで、わたしはほっとしていた。

わたしは入学祝に親に買ってもらったジャケットを着て、新入生を寿《ことほ》ぐ大学の門をくぐった。門を入って校舎に囲まれた広場までの道はたくさんの学生たちの若いエネルギーで華やいでいた。新緑のイチョウ並木の向こうには、何本かの桜の大木があった。薄いピンクの花色が晴れ上がった青空を背景にして、感動的な天井画を描き出していた。青空をバックにした桜吹雪の天井画は、これまで何度も見てきたように思えた。しかしそれでも、見上げるたびに目くるめく思いにとらわれた。そして補欠合格でようやく入学を許可されたわたしは、ぎりぎり受験勉強が間に合い、浪人せずにこの場にいられることに、安堵感をかみしめていた。

道沿いに引っ張り出された机の前では、部活動への勧誘がうるさいほどに繰り広げられていた。酔客から金銭を巻き上げる夜のバーの勧誘を真似《まね》てなのか、学生たちは新入生に満面の笑みで近づき、相手かまわず声をかけていた。

新入生のほうは、春の祝賀の雰囲気に呑まれて浮き足立っていた。あるいは、慣れない華やかさに接して有頂天になりかけた自分に気付き、不安でおろおろしていたのかもしれない。入学の喜びに単純に浸ることができた学生は、自分が歓迎されることに慣れていたかわいい女子学生だけに見えた。

わたしはそんな華やかな雰囲気の道沿いからいくらか奥まったところに遠慮がちに机を出している「野鳥の会」という小さな看板を見つけて、近づいた。

新入生勧誘の喧騒《けんそう》から離れて、手持ち無沙汰でそこに立っていた学生は、入部希望者があったことを喜ぶよりも、おしゃれなジャケットを着たわたしが入ろうとすることに驚いている様子だった。

わたしがこのクラブに入る気になったのは、試験結果の発表があった数日後、ふと思いついて、幼かった頃に親に連れて行ってもらった多摩川にあった川遊びの場所を、一人で訪ねてみたからだった。

電車を降りて河原に向かい、土手堤に上がって驚いた。そこから見えた景色は、昔とはすっかり様変わりしていた。広い石ころの河原には、あちこちに巨大な穴が開いていた。コンクリートに混ぜる目的で建設業者が大量に採石していたのである。雨の日だったせいか、一台のショベルカーが止まっているのが見えた。

巨大な穴の中央には水がたまっていた。一羽の白いカモメがその上を飛んでいた。カモメは、右に行ったり左に行ったりしていたが、そのうち遠くへ飛んで行って見えなくなった。わたしはその姿を見送ると、ほかの景色には興味がもてずに踵《きびす》を返して家に帰った。思い出の景色が壊されていたショックと、初めて見たように思えたカモメの姿が心に残った。

そんなことがあったために、大学の入学直前に大学から送られてきていた案内の中に「野鳥の会」という名前のクラブがあることを見て、入ってみる気になったのである。

わたしは何かの間違いではないかと受付の先輩に思われていることには構わずに、自分の連絡先を出された名簿用紙に書いた。わたしは気になっていた入部手続きを済ませると、そのあと校舎の中に用意されていた受付で入学手続きを済ませ、図書館や駅周辺の様子を見て回った。

(二)

こうしてわたしの大学生活が始まった。

授業ごとに教室を回り担当の教授の指示を受ける学習は、妙にあわただしかった。外国語の文法書の活用表にも、まるで興味がもてなかった。興味がもてた勉強は、クラブの先輩の指示で買った野鳥図鑑だけだった。あわせて銀座のカメラ店で双眼鏡を買い、必要な道具を買いそろえた。

日本で見られる野鳥の絵図は、いつまで見ていても見飽きなかった。見た覚えがある野鳥と言えば、スズメとカラスにトビ、あとはカモメくらいだった。鶯《うぐいす》の声とカッコウの声は聞いた覚えがあったが、姿は知らなかった。

ところが日本で記録された鳥の数は六百種類以上もあると図鑑にあった。自分が今暮らしている国の中に、「こんな鳥が本当にいるのか」、「こんなにいろいろな種類がいるのか」と、半ば信じられないような思いにとらわれながら、わたしは何度も図鑑の絵を眺めた。親や祖父に連れられて、山にも海にも、川べりにも、行ったことはあった。しかしそこで鳥の姿を見た記憶はなかった。

大学生活が始まったばかりの四月の末、丹沢の山に行き、山小屋に一泊する合宿があった。それが最初のクラブ活動だった。

早朝、まだ薄暗いうちに小屋を出て、先輩に連れられてあたりを歩く。カッコウも来ていない時季だったので鳥の声は少なかった。初めて目にすることができた鳥は、望遠鏡のレンズに入ったアオバトの姿と、耳に届いたアオバトの声だった。向かいの山の斜面にあってまだ葉を出していない高い木の枝にとまっていた。山陰にあったので、まだ薄暗がりの中にあった。

それでも望遠鏡のレンズの中でその鳥は緑黄色の体色をぼんやりと見せていた。公園にいる鼠色《ねずみいろ》のハトしか見ていなかったわたしには、若葉色の体色はハトらしくない色に見えた。しかもそのハトが野太い声で、「アッオー」と、一声、山陰に声を響かせたのである。一瞬どきりとした。鳥がふざけているのではないかとさえ思った。自然の凛《りん》とした厳しさから、わたしは自然の山と言えば山伏が修行する場面を連想していた。自然は生臭い欲望を忘れさせてくれるものだと思っていた。そういうわたしには、野鳥という「自然」のメンバーが自然を舞台にして「おふざけ」を演じるなど予想だにしなかった。

ずっとのちのことだが、会社の仕事でカリフォルニアに行ったついでに休みをもらってアメリカの国立公園の林を野鳥を探して一人で歩いたことがある。現地の図鑑だけが頼りだった。すでに繁殖期を過ぎた七月中旬だったので、鳥の姿は少なかった。高い木が育つ林の中で、ようやくキツツキが隣の木に移るのを見つけて、わたしはあわてて双眼鏡を構えた。そのキツツキが、突然、ディズニーのテレビ・アニメに出てきたときと同じように、奇妙奇天烈《きてれつ》な鳴き方をした。わたしは耳を疑った。しかし、アメリカの林の現地で、間違いなくそれはキツツキが鳴いた声だった。たしかに、覚えている限り、漫画になったウッディー・ウッドペッカーは、比較的小さな体に対して異様に大きな顔をもっていた。体色は、実物と大体同じだった。そして何より、鳴き声がそのままだった。

ふいに足を滑らせて転倒したときのように、一瞬、自分の身体の向きを見失いそうなほどわたしは驚き、仰天した。わたしの心の世界には、そのときになっても「自然がふざける」という概念がなかった。アメリカのキツツキは何度か繰り返しその声を披露してくれた。そのたびにわたしの心の中には、ディズニーのアニメに描かれた「ふざけて人をからかうウッドペッカー」の姿が浮かんだ。

アオバトの存在は大学に入学したばかりのわたしにとって、そして野鳥の世界を知り始めたばかりのわたしにとって、自然がもつ奇妙奇天烈さの最初の経験だった。

たしかにカッコウはカッコーと鳴くからカッコウと呼ばれる。同じ理屈でアオバトは、アッオーと鳴くからアオバトなのだ。ということまでは、素直に納得しなければならない。しかし、アオバトは体の羽の色まで信号機の青（グリーン）の色だとなると、度が過ぎている。まるで日本人がこのハトから、「これがアオだよ」と教えられて、若葉の色を「あお」

と言うようになったかのようだ。

しかし言語の専門家はだれもそんなことは言っていない。それならアオバトのいうことを無視してブルーの色をどうして日本人は「あお」だと言うようになったのか。いったいいつからなのか。知りたくてもわたしには調べ方が分からなかった。

そのアオバトが止まった山陰の木の下には、体に白斑をまとった小鹿のバンビがいつの間にか親鹿に連れられて立っていた。谷を隔ててこちらから見ているわたしたちを、バンビも見ていた。しかし、急な山裾に立っているバンビの優美な姿に興奮しているのは、わたしたち人間だけだった。バンビのほうは黒い目を輝かせているだけで立ちすくんでいた。それはまるで、お披露目の日に舞台に立った美しい舞姫だった。バンビはひと声も出さずに、しばらくすると、親についてどこかへ去っていった。

その日、自然はわたしを厳しい修行で鍛えるよりも、わたしが知らずにいた自然の数々を見せてくれた。それはわたしを悦ばすことばかりだった。わたしは野鳥の会の活動に参加するたびに、思いもよらない野生との出会いの初体験に、半ば夢中になった。

(三)

東京湾で埋め立てが始まっていた干潟や浅瀬にも、先輩に連れて行ってもらった。近隣の駅を降りると、すぐに遠くまで空が広がっていた。遠くに白いコンクリートの塀が見えていた。その向こうに海があるのは予想できた。手前には、縦横に道が造られていたが、その道に囲まれて池が残り、人の背丈を越すガマや葦《あし》や、そのほか丈の低い草が生い茂る区画がアスファルトの道路をはさんで広がっていた。一軒だけ軽食向けに菓子パンばかりを売っている店が、その空間の中にポツンとあった。あたり一帯は、まさに都市開発工事の最中だった。

炎天下、葦の茎にとまって大きく口を開けてギョギョッギョギョギョッギョギョシーと鳴きわめくオオヨシキリの姿があちこちに見られた。望遠鏡の視野の中で、真っ赤な口の中を見せて鳴く鳥の姿を見ていると、周りの「土地開発」は忘れてしまう。オオヨシキリは周囲の土地を変えていく人間の工事には無関心に、葦の茎にとまって声を張り上げて鳴いていた。オオヨシキリは、夏の日差しのもとで葦が群生する目の前の世界だけを頼りに、今を精一杯に生きていた。そういう姿しかわたしたちに見せなかった。

都会の人間の目には、都会に生きている人間の姿しか見えない。野鳥たちが毎年変わりなく暮らしている世界があっても、それは人の目に入らない。目に入っても、そういう世界の状態は人間には不満なのだろう。人間がにぎやかに暮らす団地を目指して、ひたすら工事が進む。人間は自分たちの周りをひたすら新しく変えていくことを夢見る。そのために汗水たらして働く。それが人間のすばらしさだと思っている。野鳥は、そんなことになっているとは露ほども知らない。

　駅を降りたところから遠くに見えた真新しいコンクリートの壁にたどり着くと、わたしたちは傾斜した壁を這いつくばって上ってみる。壁の上の幅広の場に立つと、とつぜん視界が広がる。壁の向こうは、壁の下から潮が引いた黒々とした干潟が広がっていた。ムッとする干潟特有のにおいがあたりを包んでいた。

　先輩が望遠鏡を壁の上に置いて覗く。後輩のわたしたちはあとで順番に見せてもらった。すると遠くに、さまざまな長さの嘴《くちばし》と脚を持つ、もっぱら干潟や湿地に暮らすシギ、チドリが、半分独特の影になって陽炎《かげろう》の中に数羽見えた。工事が始まる前は、もっと手前に、たくさんの数のシギとチドリがいただろう。工事が始まって干潟が狭まったせいか、シギ、チドリの多くは、ほかへ行ってしまったようだった。

　何年か前から、開発工事による自然破壊が問題になっていた。工場の汚れた排水や、排気ガスによる公害病が、繰り返しニュースで取り上げられていた。それならいっそのこと汚れが目立つ干潟など埋め立て、そこをこざっぱりした都市空間に変えてしまおうという計画に違いなかった。

　シギ、チドリが暮らす干潟の環境を守ろうとする運動に対して、開発でお金を得ようとしていた人たちが、「鳥か人か」と書かれた看板を掲げて、そこにある環境を「売る」ための抗議を繰り返していた。工事に反対して干潟の環境を守ろうとする人間は人よりも鳥のほうが大事だと言いたいのかと、わたしたちを人非人であるかのように言い広めていた。

自然保護側は、人も少なく、非力だった。効果的なことばを使って勢力を広げる組織力は、もっぱら開発側にあった。野生の姿に心がはまって自然保護側にいたわたしは、もどかしかった。しかし、わたしにも妙案があったわけではない。言葉が見つからないことがもどかしかっただけである。しかし野鳥が暮らしているその生活の場には、野鳥を生かしている何か目に見えないものがあるはずだった。とにかくそうでなければ彼らの活き活きとした姿が嘘になる。

野生の生き物たちは、わたしたちのように、元気そうに「見せる」ことなどしない。人間は心の中に悩みがあっても、本心を見せない俳優のように演技して暮らす。野鳥は無理して元気印《じるし》を演じていない。野鳥は自分たちを実際に生かしているものだけを頼りに、そこに何もつけ加えずに、活き活きと生きている。

野鳥が生活している周りに自然な仕方で野鳥を生かしているものがあるのなら、人間の周りには、人間を生かしている目に見えないものが本当はあるはずだ。それに気付かないために、自分は毎日がどこか空しいのではないか。わたしの心に、そんな疑問が生まれていた。野鳥を生かしているものと同じものが、人間を本当は生かしているのではないか。そういう、漠然とした思いが、心にあった。わたしは望遠鏡や双眼鏡のレンズに映った野鳥たちがいつも活き活きと生きる姿を見て、自分との間に輪郭のはっきりしない違いを感じていた。

野鳥は、今ある環境の中で餌を見つけ、子育てをして生きていくために、あらゆることをしている。生きることに疑問など差しはさまない。疑問は、一瞬だって彼らには訪れない。一方、わたしは虚無を抱え込んでつねに疑問にさいなまれていた。生きていて何が良いのか、まるで分からなかった。わたしには、生きるための努力目標が見えなかった。同じ生き物であることには違いなかった。なのに野鳥が生きる姿は、わたしの生きる姿とは明らかに違うものだった。

(四)

梅雨の季節に入る頃、富士山の裾野、山中湖の湖畔で一泊して鳥を見る合宿があった。野生の姿に触れる喜びに目覚めたわたしは、何をおいても野鳥の会の野外活動には参加しようと思っていた。クラブが宿に決めていたのはそこにあったユースホステルだった。

寝泊まりのためのコテージが複数、それぞれ山野の中の一軒家のようになって散らばっていた。早朝に起き出しても、他の泊まり客に迷惑をかけない造りだった。興奮してなかなか寝ようとしないわたしたちに先輩は半ば命令口調で寝る時刻を告げる。仕方なく、梅雨の季節で押し入れの中でせんべい布団になった布団を出して畳の上に敷き詰める。皆で横になり、電気が消えた。わたしはいつのまにか寝ていた。

周りがうるさいことに気付いて目が覚めた。午前二時半、皆、暗いうちに起き出す。わたしは心の中でまだ夜中ではないかと思いながら、布団を片付け、外に出る準備をして、ひんやりとした暗がりの中へ出た。

懐中電灯の薄明かりを頼りに藪に囲まれたところへ出ると、夜明け前の暗がりの中から少しずつ聞こえてくる野鳥の囀《さえず》りに、みながじっと耳を澄ます。近くの藪からは同じ囀りが、繰り返し、繰り返し、飽きることなく聞こえてくる。先輩は声の聞こえてくる方向を指さして野鳥の名前を教えてくれるが、声は重なり合って、何が何だか分からない。後になってアオジというスズメ大の小鳥の声だと知った。闇の向こうからは、ボッボ、ボッボと、筒の穴に息を吹きかけたような声で鳴くツツドリの声が聞こえてくる。

そしてさらに闇の向こうから、ホトトギスの声が空に響き渡り、地上からはツグミ類のにぎやかな声が聞こえ始める。その囀りはどれひとつとっても、女子生徒が数人集まっておしゃべりに花を咲かせているときの姦しい声と同じ音量で耳に響く。音色は木管楽器のようにきれいだが、高い声には野生の命の力が込められている。アカハラ、クロツグミ、マミジロと、先輩から教えられるが、どれも初めて聞く名だから、覚えられない。

また別の囀りが聞こえてくる。そしてそれに交じって、近くを走る車のタイヤが道路と擦れ合う音が、それらをかき消すように、繰り返し耳に響いてくる。かつては広く縄張りを占めていた野鳥たちの暮らしの場を、アスファルトの道路がぎりぎりにまで狭めたあげく、朝を迎える時間にそこを走る車の音が、非力な野鳥たちの声を消し去ろうと、次から次へと続いていた。わたしたちは聞きなれない野鳥の声に、ひたすら耳を傾け、聞きなれて久しい車の音は無意識のうちに心の景色から追いやっていた。道路をこするタイヤの音は日の明るさが次第に増す中で一挙に増えていく。ところが、いつのまにか車の音はわたしの耳には聞こえなくなった。野鳥の声だけが聞こえていた。それはまるで車が走り回る都会の中の大きな音楽ホールでベートーヴェンの第九の合唱を聴くようなものだった。声のパートの違いや、演奏される楽器の音などは、初めて聞く耳には聞き分けられない。しかしホールの壁で遮断されている車の音は、客席で聴いている人の耳にはまったく届かない。一日のうちで最盛期を迎えた野鳥の囀りの時間のなかにいたわたしの耳は、近くの車の走音を、都会の音楽ホールに負けない力で遮断していた。

しかも野鳥の囀りは、それぞれが、初夏、繁殖期のさなかで、自分の存在を間断なく、明確に主張していた。囀るどの個体も、自分こそこの場の「王様」だと言って譲らない。とはいえ彼らは臣下を求めているのではない。彼らの囀りは、若々しい緑があって、餌の虫が活き活きと暮らしているこの場所があれば、それだけでいい、臣下などいらないと訴える。この場所で、一羽で、あるいは番《つがい》で「王様」であればいいと唄う。ほかはいらない。これだけは譲らないと唄うだけだ。

夜明け前の暗がりの中で何十種類もの野鳥の囀り合いは絶好調に達し、あたりが明るくなるにつれて、鳴く頻度が少なくなっていく。疲れたのか、飽きたのか、あるいは自分の朝食の時間なのか。しかしあたりがすっかり明るくなる頃になってようやく、だれもが聞いたことのある鶯の鳴き声が聞こえてきた。寝坊なのか、自分の美声をほかの野鳥の声にかき消されるのが嫌なのか。あたりが静かになり始め、代わりに車の音が気になり始めた頃になって、鶯はのんびりと美声を披露し始めた。

わたしたちの耳に、ここが楽園の地であることを、鶯は同じフレーズで歌い続ける。がさがさと、その中に足を踏み入れている人間に、その美声で「ほかへ行け」と、優雅に警告しているようにも聞こえた。

あたりが見えるようになって、わたしたちは「突っ立っていてはだめだ」と、親から小言を言われた子供のように、鶯の声にうながされ、夜露に濡れた草を踏み分け、止まって野鳥の声を聞いていた場所を離れて動き始める。日差しの明かりを得て、あたりは新緑にあふれかえった広々とした世界になっていった。

新緑の葉をたたえた木々の中から野鳥たちの声が聞こえ、高い梢《こずえ》にとまって空に向かって鳴く鳥の姿がある。背の低い草地の上を両脚でホッピングするツグミ類にも出会う。ツグミたちはときどき立ち止まって首を傾ける。目が頭の両脇に付いているから片方の目で地面の虫を探すらしい。なかなか見つからないが、見つけると即座にホッピングして叢《くさむら》にくちばしを突っ込む。餌の虫をつかまえれば、くちばしを持ち上げて器用に喉奥へ放り込む。野鳥の目の瞼《まぶた》は下から閉じたりするからか、あるいは半透明の瞬膜というものがあって、それをときどき開閉するからなのか、ときどき目のあたりがきらりと光る。

体を包む羽毛は繁殖期を迎えて艶っぽく輝いている。おしゃれに敏感な男女が昨年のものは着られなくて、毎年流行のものに買い替えるようなものだ。野鳥のほうは、それを自然が用意している。野鳥自身は、子育てすることに専念していればいい。自然が必要な身支度を用意して、野鳥たちの身を美しく飾っている。よくぞ生き残り、ここまでやってきた、次の世代を作るために今ここでさらにもっと君の力を傾けるのだと、応援の声が自然の大地から聞こえるかのようだった。

おしゃれをした彼らは、地面を歩きまわり、飛び上がって木の枝を伝う。その自然の行き届いた配慮は、まるで入学祝いにジャケットを買ってわたしを大学に送り出した両親のようだった。天地自然は繁殖期の野鳥たちに、それぞれ最高の新調の服を用意していた。

とはいえ、まだ幼い精神しか持ち合わせなかった当時のわたしはそういう親心が分からず、野鳥観察の間、自然の中に散らされた一個一個の美に魅了されていただけだった。わたしの心の中には、浅瀬が小舟を座礁させてしまうように、生活のすべてに靄《もや》をかける虚無が、居座り続けていた。それが外から入ってわたしの心に届くべき大切な気付きを、途中で遮っていた。

わたしの視覚は羽毛に包まれた野鳥の姿をきれいだと見ていた。聴覚は彼らの声を魅惑的だと聞いていた。しかし、それがわたしの心を奥底まで美しく彩ることはなかった。自然の美が持つ力は、虚無の蓋にさえぎられて、わたしの心の奥底までは届かなかった。

㈤

あちこち出かけるために小遣いが覚束なくなって、わたしはいくつかのアルバイトをした。倉庫の整理、郊外にあった牧場の飼料運び、ビルの事務所の蛍光灯の全面取り換えと床清掃、団地のビラ配り、友人のつてで来た短期のものを、手あたり次第にやってみた。頭は使うことが少なく楽だったが、どれも体力勝負だった。とはいえ、たいていが一日か数日だけの仕事だった。しばらく続いたのは倉庫整理の軽い仕事だけだった。しかし、それもひと月くらいで仕事がなくなった。

とりあえず小遣いが不足する一時的な危機は、それで乗り越えた。しばらくは大学の勉強におとなしく専念した。冬の野鳥観察は近所にあった公園の池に来るカモたちでがまんした。しかし近所の池のカモたちもよく見れば、背に折りたたまれた羽根の色は、繊細な自然の美しさを幾重にも蔵していた。

4の㈠

文学部は二年に上がるときに人文系列の専攻の選択があった。哲学、心理学、教育学、社会学、西洋史、東洋史、日本史、国文学、仏文学、英文学、独文学、等々。

わたしは迷わず哲学を選択した。親は将来の就職を考えて反対したが、わたしは聞かなかった。哲学で虚無の原因を見つけられさえすれば、あとは何とかなると思った。見つけられる自信があったのではない。むしろ自信はなかった。それでも、ほかに選択肢はないように思えた。

哲学のゼミはテキストを仏語で読むか英語で読むか独語で読むか、その三つだった。英語の教室の教授が人気の教授だったが、わたしは第二外国語に選んでいた仏語の教室を選んだ。自分の語学の弱さに困り、何とか自分を追い込んで読めるようになりたかったからだった。

初回のゼミの教室に出ると、三年生が数名、二年生が数名の総勢十人足らずのクラスだった。三年生のほうから希望があってフランスのクセジュ文庫の一冊がテキストになっていた。「クセジュ」というのは、仏語で「わたしは何を知っているのか」という意味だった。まさに当時の無力感にとらわれがちなわたしの心を、小気味よくはじいてくれそうな名だった。

しかし三年生が選んだ一冊は、わたしには初耳の「現象学」だった。よく分からない文が連なっていた。辞書を引いても、何が書かれているのか見当もつかなかった。その意味では期待とは裏腹に、わたしはむしろ期待の外へはじかれてしまった。

それでも、授業では順番に自分の訳業を発表させられる。隔週で順番が回ってくる。幸いにも特別語学に達者な人がいなかったので、語学に無能なわたしも、目立たずに助かっていた。教授も、なかなか学生たちの訳が進まなくても無理もないと思ったのか、訳せずに戸惑うばかりのわたしたちのふがいなさを前に、笑顔を浮かべて見ているだけだった。一回の授業時間の間に数行しか進まなかった。

教授のほうも、自分の専門ではないからか、中身について説明らしい説明はしなかった。若いときの自分の外国語学習がすさまじかったことだけを、テキストの中身とは無関係に生徒に話すのが教授の日課だった。教授はどんな言語でも、読んだ本を積み上げて膝の高さまで読めば読めるようになると言った。わたしはその語学習得の意欲に感心するだけで、自分もやってみようとは思わなかった。目立たないように、ほかの生徒に話しかけることもなく、おとなしく教室に出ていた。

当時のわたしは、まだ哲学の本を自分で読むことに踏み出せずにいた。そのため、同じクラスの人たちと哲学の本で話題にできるものがなかった。周囲の哲学科の学生と、何を話せばいいか分からずにいた。

当時よく耳にした「実存主義」についての入門書をためしに読んでみたが、時代に対して挑戦的な態度が見えるばかりだった。偶然が支配する現実に対して、とにかく空拳で突き進もうとしている。その本が語る実存主義者のサルトルは、そんな印象だった。

わたしは挑戦的な勇ましさにはまったく興味が持てなかった。フランスのパルチザンにはあったとしても、戦争で負けた日本人の心に戦う勇ましさを賛美する余地がまだ残っているとは、わたしには思えなかった。そういう漫画が日本にあっても、日本では空想の世界に遊ぶいっときの興奮に過ぎないと、空しく感じていた。それはストローで吹いたシャボン玉のようなものだった。しばらくは虹を描いてふわふわと浮いて、わたしたちに夢を見せてくれる。しかし、次の瞬間には割れてしまう。同時にわたしたちは夢から覚め、おもしろくない現実に囲まれる。

興味が持てる哲学に出会わないまま、夏休みが過ぎ、半年が過ぎた。

(二)

哲学のゼミに入り、大学二年の秋が過ぎようとしていた。わたしは二十歳の誕生日がもうすぐ巡ってくると何気なく思っていた。特別な誕生日祝いを親に期待していたわけではない。ただ「二十歳」という年齢には特別な響きがあった。その実、それが毎年の誕生日と同じように過ぎていくことは承知していた。「二十歳」という年齢に、特別なことはない。しかしそれでも「二十歳」は成人年齢と言われていた。空しいだけの日々を過ごしていた自分にはそれが奇妙だった。

その頃、アメリカのポップスで、失恋して大きなショックを受けているとき、外側に見える世界がそれまでと少しも変わらずに動いているのを見ると、「不思議な思い」がすると唄う歌があった。それと同じことかもしれない。内に空しさをかかえながら二十歳という年齢に特別な思いを抱くのは、失恋するのと同じことなのかもしれないと思った。

わたしの体は二十年目の誕生日を迎えても、これまでと同じ歩みを続けていくだけで、特別、立ち止まることはない。踊りだすこともない。体が、来し方を振り返って感慨にふけることはない。わたしの身は、どの一日も、その日の歩みを、調子を崩さずに踏み出し、歩んでいくだけである。二十歳の誕生日も、その次の誕生日も、誕生日以外の日も、それは同じだ。そして、心が来し方を振り返っても、特別なことは何も見つからない。それが分かっていたから、二十歳の誕生日も、いつもの一日のように過ぎていくだろうと、わたしは予想できた。

二十歳になったからと言って、体が変わることはなく、心が変わることはない。心が変わらなければ、わたしに見える世界も変わりはしない。それまで十九回あった誕生日の前後にも、過去の記憶を想起する力が誕生日に特別なものに変貌するという経験は、あったためしがない。子供の頃は、誕生日祝いのケーキの上にろうそくが立てられ、親が火をつけ、それを吹き消すと、おいしいケーキが食べられた。それだけのことだった。

古稀を迎えた今、わたしが必要としていたのは心の自分を新たにする「新しく考える」力だったと分かる。すでに経験したことは、これからも変わらない。経験が変わらなければ、それを思い出しても、思い出す内容は変わらない。それなら、思い出すことに時間をかけても、何も変わらない。それは空しいだけだ。

しかし、ものを考え出す力が新しくなれば、思い出したことから新しい考えを得ることができる。それによってこれから見えてくる世界が変わるだけでなく、これまでもっていた記憶も変えることができる。新しく考えることができれば、そのたびごとに、新しく見えてくるものがある。記憶の意味まで刷新される。そしてそれをまた新たに記憶すれば、わたしはまた、新しいことを思い出す。

日々に新しいことを考え出すことは無理でも、数年に一度でもそれができれば、記憶したことがそのたびごとに刷新される。たしかに日々に新しいことを考えることができれば、わたしにとっては、一日一日が確実に新たな一日になる。「一日一生」とか言われる禅語は、きっとそういう意味なのだろう。

しかしそれができなくても、年ごとに新しいことを考える力が身に付けば、一年一年が新たな一年になる。そうなれば、振り返ってみて、この人生も、世間的に見ればつまらない人生であっても、わたしにとっては「何か」があったと、大いに言える人生になる。

思い返してみると、それが二十歳の誕生日の直後に、わたしに起きたことかもしれない。あえて言えば、そんな気がする。それまでの二十年間は、わたしの心が新しくされることはなかった。もちろん、新しくなったときというのは、それまでの記憶との抗いが起こる。安定はすぐにはやって来ない。混乱と迷いがある。しかしそれでも、苦悩の底からわたしを誘い出してくれるものがあった。心から信頼できそうなものが、混乱と迷いのただなかにあるわたしを、誘い続けてくれた。そういうことが起きた。

たとえて言えば、炊いた飯をふっくらさせようと、しゃもじで空気を混ぜ込むときのような時間が、その後に起きた。しゃもじを深く突き立てて釜の底からひっくり返すと、飯粒は湯気のなかで身をよじらせる。輝いて、匂いを放ち、食欲を誘う。すると、抗いようもなく胃袋が動く。そんなふうに、二十年を経て、内に向かって暗くなり、固まって動けなくなりかけていたわたしの精神が、その基底から突如ひっくり返されるようなことが起きた。

しかし「そのとき」には、その大切な意味が分からなかった。ずっとあとになって、それが分かってきた。わたしの場合、五十年近くかかった。

幼かった頃の夏休み、親に連れられて海辺の遊興施設に行ったことがある。広々としたプールを見て、わたしは興奮し、駆け出し、何も知らずに目の前のプールに飛び込んだ。ところが、体が水の中に深く沈んでも、足がプールの底に着かなかった。わたしは驚き、恐怖に包まれた。急いで立ち上がって水の上に出ようとしても、足がどこにも着かなかった。周りには水しかなかった。自分が飛び込んだあとの泡だらけになった水の中で、わたしは手足を必死にばたつかせた。わたしは何度か水を飲み、おぼれそうになった。

そのとき、あとからプールに入った見ず知らずの人が助けてくれた。そのときは、何が何やら分からなかった。足はふらつき、頭の中は真っ白だった。気付いたときには「助けられていた」。

そういうことが、今度は、大人になったわたしの精神のうちで起きた。

人が「神の存在」に触れるのは、そんなときかもしれない。思いもよらないことで自分が助けられ、助けられたと知れば、神が本当にいるのかもしれないと、ふと思う。そんなことが起こるとは考えもしなかったことが、自分の人生に起こる。起きたときには何が起きたのか分からない。時間を経て、あらためて思い起こしたとき、奇妙な思いにとらわれる。起きたことは、予想することも夢見ることもなかったことだ。言い表すことばを探しても、なかなか見つからない。最後に、「奇蹟」ということば、「不可思議な出来事」ということばが、頭を過《よぎ》る。

教会や寺で聞く神仏、あるいは聖書や神話に書かれた神仏以外には、奇蹟を起こすものは、通常、聞かない。ふつうはそれだけが世間で言う神仏だ。そしてそれが真実であったなら、いったい、どの神仏がわたしに起きた奇蹟を塩梅《あんばい》したのか。日輪か、月輪か、阿弥陀仏《あみだぶつ》か、出雲《いずも》に集まった八百万《やおよろず》の神々の相談の結果か、あるいは、ヤハウェか、アッラーか。どの神か、分からない。あるいは、そのどれとも異なる第三の神か。まだだれも知らない、わたしだけの神か。結局、だれにも分からない。

それが本当に起きたことだと信じてもらえるかどうか、わたしには分からない。しかし、その不可思議な運命の塩梅を、これから書かなければならない。

㈢

それはわたしが二十歳の誕生日を迎えた翌日に起きたことだ。そのちょうど一週前の同じ曜日に、わたしたちのゼミの教室に、哲学科の先輩が一人、入って来た。軽く羽織った濃紺のジャケットは、いかにも高級な艶をその布地に見せていた。本物の金持ちに違いなかった。先輩は翌週の夕刻に哲学科の学生のパーティーを我が家でやるからぜひ来てくれと、わたしたちを誘った。授業開始の時間が始まる直前のことで、彼は場所と開始時間を黒板の隅にメモして、わたしたちの返事も聞かずに出て行った。

教室には、すでにいつものゼミの学生が遅刻せずに教授を待っていた。皆、特に「行きます」とも言わず、黙っていた。先輩が出て行ったあとも、だれも何も言わないので、ほかの人たちの反応は分からなかった。しかしわたしはほかの人のことは気にせず、素直に、行こうかと思った。せっかく準備してくれるのだから行かないのは悪いと、疑わずに思ったのである。自分のところで学生を集めてパーティーをやるとなれば、大変に違いなかった。

黒板にメモされた場所は大学近くのマンションの一室だった。

わたしの家でも、親の知り合いがとつぜん数人でやって来ることがあった。数人でも、母は台所に飛び込んで酒の肴《さかな》をいろいろ作り、テーブルに運んで、その間にも、母は皆と話していた。どうやったらあんなことができるのだろう、と思っていた。母の素早く器用な応接は、わたしには魔法を使っているようにさえ見えた。とてもわたしにできることではなかった。

先輩のマンションでのパーティーがどういうパーティーになるか、見当もつかなかったが、顔を出すことがせめてもの礼儀だろうと思った。そのうえ、自分の誕生日の翌日のことだ。自分の二十歳の誕生日のいい「後祝い」にもなるかと、わたしは考えた。

ゼミの教授が教室に入ってきた。その日も特別なことはなく、少しだけ仏語のテキストを読み進めてゼミの時間は無事に終わった。教授が出ていき、学生同士の発言に障りがなくなったが、だれも先輩のパーティーのことには触れず、いつものごとく、思い思いに教室を出ていった。

翌週、わたしの二十歳の誕生日は思った通り、家でも特別なことは何もなく過ぎた。翌日の午後の時間がゼミの時間だった。そのあとに、先輩のマンションでのパーティーがあるというのが、わたしのスケジュールだった。

ゼミの教室は東に広場を囲む西側校舎の最上階にあった。途中に踊り場をそなえた幅広の階段を四階まで上がったところにある。下の階には大きな階段教室があったが、最上階は小さな教室が廊下の片側に並んでいた。部屋の窓からは校舎に取り囲まれた広場の木の梢が見える。

秋になると、葉を落とした木の間をヒヨドリが大きく波を打って飛ぶ。ヒヨドリは連続して羽ばたかず、一定のリズムで翼を広げ、翼をたたみ、飛行する。翼を広げて思い切り大気を漕《こ》ぎ、次に翼をすぼめて空気の抵抗を最小限にして前進する。身の重さで体が沈むと同時に、また翼を広げて大気を思い切り漕いで、もとの高さまで身を持ち上げる。海面から飛び出し、続いて海中に潜ることを繰り返して気持ちよさそうに泳ぐイルカと同じだ。見ていると、夏に自分が平泳ぎで一回一回の水かきを時間をたっぷり取り、ゆっくりと進むときの気持ちのよさがそこに重なる。秋のヒヨドリは空の自由を楽しむ鳥だった。

ゼミの教室では横長のテーブルが互いの顔が見えるように四角形に並べられ、黒板の前の一列だけが教授の着くテーブルとして空けられていた。学生は思い思いの席に着いた。

わたしはその日、たまにヒヨドリが梢の間を飛ぶ姿を期待して窓の外の景色が見える廊下側に座った。すると窓側のテーブルの席にいつも座っている女子学生の二人が目に入った。教室に来る女子学生はふだんは三人だったが、そのときは二人だけが教室に出ていた。特に目立つ女子ではない。彼女たちは平均的な男女の学生たちの中にまぎれていた。すれ違ったときに気に留めるほどの美形ではない。わたしは、皆に配られた名簿で名前を知っているだけだった。

とはいえ、窓の外の方向に目をやれば、おしゃべりに余念のない彼女たちがいやおうなくその手前に見える。眼鏡をかけてもわたしの目は近視だったから、どうしても窓の外の光景よりも数メートルしか離れていない目の前の二人が、鮮やかに視野に映る。女子学生の近くにはほかの学生は座っていなかった。わたしはほかの学生たちから、彼女たちを特別な思いで見つめているように見えたりしないかと心配しながら、それでも目に入ってくる彼女たちを見るとはなしに見ていた。

一方がわたしがいる机のほうを向いて座って、耳だけ隣の子の話を聞いていた。話をしている子は、机の前に置かれた椅子に座っていながら、隣の子のほうへ自分の体を向け、片方の足を相手の座っている椅子の下の横軸に掛けていた。そして夢中で何か話していた。

彼女は、佐野さんという名であることは知っていた。話を聞いているほうは前を向いたまま少し困った顔をしていたが、話しているほうは何かに夢中になっているように見えた。

きっと何か面白いことを見聞きして、だれかに話さずにはいられなかったのだろう。女子学生の間ではよくある光景だ。

そのとき、わたしは特になんとも思わずにその様子を見ていた。ところが、ふいに、なんの前触れもなく、わたしは異次元に入った。一瞬、周囲が遠のいて、胸の奥から「声」が聞こえた。

「生まれてきて、よかった、今まで生きてきて、よかった」

次に、わたしの意識が、夢中で隣の友人に話している佐野さんの姿に激しく迫るのを感じた。彼女の姿がはっきりと輪郭を描いて浮き出て、ほかはすべてどうでもよいものとして薄れて心に映った。そして、声が、わたしの胸の奥から出てきた。

「生まれてきてくれて、ありがとう。今まで元気で生きてきてくれて、ありがとう」

わたしの心の視界には、夢中で話している佐野さんの姿が周囲から切り離されて映っていた。聞こえてきた声は、半分は自分の発言に聞こえたが、半分は、自分の発言には聞こえなかった。自分の喉がだれかに操られて、言わされているようだった。夢中で友達に話している佐野さんの姿が、胸の奥に、迫り続けた。

わたしは、何が起きたのかと思った。胸が締めつけられた感覚を覚え、その痛みで再び元の世界に帰った。我に返ったわたしは、何が起きたのか分からず、茫然《ぼうぜん》としていた。佐野さんから視線を外しても、胸のときめきが、「恋愛」の甘味を心に流していた。しかし、これまで一度も口を利いたことのない女子が、自分の中だけで勝手に「恋人」になることは、ゆるされることではないと思えた。そもそも名前しか知らない人に、なぜ自分の心は「ありがとう」と、礼を言ったのか。どう考えても説明がつかなかった。わたしは何かの間違いだと思った。しかし、胸に湧き上がってくる喜びは、明るく、すがすがしかった。作り物のにおいがしなかった。

わたしの驚愕《きょうがく》は、親しい友人の医者から、ふざけて数ヶ月の寿命を宣告されたときのようだった。すぐに、彼から嘘だよと言われ、心臓が止まるほど心が混乱した経験を、どう受け止めればいいか分からなくなったとき、友人の冗談には怒るのがふつうだろう。脅かすのもいい加減にしろ、と言いたくなるところだ。ところが、このとき、運命の神がわたしに伝えたのはみなが喜ぶ「恋愛」だった。冗談であっても、怒ることではない。

しかし、わたしにも妥協のできない都合があった。自分に突然降りかかってきた運命の神の恋愛宣言を、わたしは素直に喜べなかった。むしろそれから逃れようと、思わず身構えた。わたしは哲学を学び、自分の心に巣くった虚無を克服して、その先に進まなければならなかった。そうしなければ自分の人生はない、と思っていた。高校を卒業する頃から、この虚無のために何もかもがうまくいかなかった。意欲は薄れ、頑張りは利かず、何もかもが嫌になり、苛々《いらいら》が募った。恋愛をしているときではなかった。まずは哲学が分からなければ、虚無は消えない。恋愛の先にある結婚を考えると、うまくいくはずがないと思った。

ところが、その実、わたしはその肝心の哲学を、どこからどう学べばいいか分からないままだった。フランス語のテキストの前で辞書を引いていただけだった。大学の哲学科に籍を置いていても、周囲に哲学を教えてくれる人間がいるように見えなかった。たしかに大学には哲学の教授が何人もいたが、その教授が「これぞ哲学」だと思っている哲学がそのままわたしが必要としている哲学だということは、まるで保証されていなかった。

そもそも自分がまだ知らない哲学を、自分がだれかに教えられているとき、わたしは自分が「哲学」を学んでいると、どうして分かるのだろう。本当は、分からないのではないか。哲学を教えてもらっていると思っていても、それは哲学ではないかもしれない。似非《えせ》哲学であっても、皆がそろって哲学だと言っていれば、それが哲学だと「世間で言われている」ことは、間違いない。事実、その通りなのだ。ただ、それがわたしが求めている哲学ではないことも、確かなのだ。目の前は、真っ暗ではないにしても、霧の中だった。

わたしは、突然、遠目に見たことがあるだけで一度も口を利いたことのない女子に、心の中で「ありがとう」と言った。あるいは、何者かに、言わせられた。自分の中から聞こえた声は自分が口にしたことなのか、それとも魂の声なのか、本当のことは分からなかった。名前しか知らない相手に感謝する理由はないのだから、むしろわたしの心を使って、何者かが、わたしに言わせたとしか思えない。

言うまでもなく感謝を口にするようにわたしに強制するものは、だれもいなかった。ということは、わたしを襲って感謝を口にさせたものは、目に見えない運命なのだろうか。しかし、運命の女神なら、女神のほうがきれいに違いないから、男のわたしに対して自分が嫉妬するようなことをわたしにさせるだろうか。それとも、女神は、自分のほうが彼女よりきれいだと、あとで見せるつもりなのか。まさか、そんな低級な寓話《ぐうわ》が現実に起こることなどありえない。わたしは、そんなことまで考えた。

しかし、それが「恋愛」だということは、わたしの心が、だれに聞いたわけでもないのに、決まりきったことのように判断していた。どうして確信をもって自分は判断できるのか。少なくともそれまで、わたしは同様の経験に出会ったことは一度もなかった。女子を見て、「生まれてきてくれてありがとう」などと思ったことは、一度もない。どんなにきれいな女子を見ても、きれいだな、と思うことはあっても、生まれてきたことを感謝することなど、想像もしていなかった。そもそも言わなければならない理由が見当たらないのだから、思うはずもない。

小説の中でも、こんなことは、読んだ覚えがなかった。わたしが見たテレビドラマにも、そんな恋愛劇はなかった。なのに、なぜ何の疑いもなくこれは「恋愛」だと、わたしは判断するのか。哲学の教室で哲学教授の話を聞いていても、それが「哲学」だと分かったことは一度もなかった。なのに、なぜ恋愛については、こんなふうに、はっきりと分かるのか。

すでに教室にはいつもの教授が現れて、授業が始まっていた。ぼんやりと、もの思いしていたわたしも、それは分かっていた。わたしは目を上げて佐野さんがいる窓のほうを見ずに、ひたすら机の上に目を向けて、これは何かの間違いに違いないと思うことにした。彼女を無意味に見つめていることで、それをだれかに気付かれ、笑われたくなかった。わたしはとにかく、机の上のテキストやノートに目を固定させて何もなかったことを装い、何もなかったのだと、自分に言い聞かせた。

㈣

予習はしていたが、この日は自分に順番が回ってきそうにはなかった。一人一人がいつものように時間をかけて訳出をこなしてくれれば、自分のところに順番は回ってこない。わたしは、級友によって訳出された文章の意味が相変わらず分からなかったが、その苛々は、いつものごとくがまんした。わたしは級友の翻訳に心を傾け、メモをとりながら聞いていた。教室に流れる時間はいつもと少しも変わらなかった。違っていたのは、わたしの胸の中のときめきであり、明るさであり、芳しい匂いだった。

そのどれもが、自分が視界の外に追いやっている佐野さんから来ているのは分かっていた。視界のうちにはいなくても、彼女がわたしの目の前にいることは、わたしの脳が、先ほどまで視野の中にあった彼女の像を脳に記憶して、はっきりとわたしの胸に告げていた。どんなにそれを否定しようとしても、わたしは自分の脳が引き起こす胸のときめきを抑えることができなかった。

訳出は、いつもより早く進んでいた。その日、順番に当たっていた先輩はフランス語がよくできる人のようだった。わたしが予習していたところを超えて翻訳が進むのは確かだった。授業時間は半ばを過ぎていて順番はわたしに回ってこないとしても、わたしは不安になって授業の進捗を止めたくなった。

わたしは級友の翻訳が節の間で一瞬途切れたとき、思わず冗談めいたことばを口にした。何を言ったか昔のことなので覚えていないが、緊張が続いていた教室の空気がふいにゆるんだ。みなが笑った。教授も、笑顔になった。気付かぬうちに息を殺していたかもしれないわたしも、教室の空気がゆるんで、ほっとして、一緒に笑った。わたしの言ったことばは、特にだれかが畳みかけて話が発展するようなことばではなかった。教室は、ほんのしばらく明るいざわつきがあっただけだった。級友の翻訳は、わたしが茶々を入れたことでいっときの息継ぎがあったけれど、それだけで、その後もスムーズに進んだ。

順番がわたしまで来る前に、授業終了のベルが鳴り、教授は、「じゃあ、ここまで」と言ってテキストを閉じ、そそくさと出て行った。

授業中、一度も彼女のほうへ目をやらずに済んだわたしは、とにかくやり過ごすことに成功したと、ほっとしていた。座ったまま、机の上に出していた私物を自分のカバンに放り込んで、何ごともなかったように、黙って教室を出るつもりでいた。あとは時間をどこかでやり過ごして、時間になったらパーティーがあるという先輩のマンションを訪ねればいいと思っていた。ゆっくりする時間は、たっぷりあった。わたしの気分はそのとき、抗いがたい恋愛の衝動に対して自分を制御できたと思う満足感にあふれていた。

とはいえ、緩慢な帰り支度の最中、下ばかり見ているわけにもいかず、ほんの一瞬、前方にいる佐野さんの姿が、わたしの視野に入った。それに気づいたのか、彼女がふいに、わたしに向かって独り言のように、「きょうは先輩のパーティーに、みんな行くのかなあ」と言ったのである。

わたしは不意を衝《つ》かれて思わず、「行くんじゃない？」と答えていた。しかし気付くと、わたし以外に、同じ教室にいたほかのだれも、彼女の問いに答えていなかった。

彼女の何気ない問いに答えてから、わたしは、まるで彼女とは前々からたびたび話をしていた旧友であるかのような調子で自分が答えていたことに気付いて、どきりとした。わたしは気付かれたかと心配になり、彼女の様子をうかがった。しかし彼女は、考え事をするような横顔を見せただけだった。それ以上何も言わず、わたしをあらためて見返すこともなく、帰る支度をし始めた。

気付かれたかと不安になったが、気のせいかもしれないと思った。教室にいたほかの人たちも、皆、そそくさと、いつもの通り教室を出て行った。佐野さんも、隣の女子と一緒に出て行った。わたしと彼女の間にあったやりとりに関心を払う人間は、だれもいなかった。わたしも、皆のあとに続いて教室を出た。

（五）

図書館に行ったり、学生食堂に行ってみたり、構内で独り暇を持て余した。それでも彼女に「行く」と言った手前、パーティーへの出席はわたしの中で守らなければならない約束となり、義務になっていた。夕刻のその時間までがまんして待って、指定されていたマンションに出向いた。

大学から徒歩数分の大きなマンションの一室だった。エレベーターでその階に上がると、落ち着いた廊下の光の中にその部屋の扉があった。ちょうど扉の近くに誰かがいて、扉を開けてくれた。中に入っても、薄暗がりのもとに居間の空間が広がっていた。歩道を照らしていた街灯の明るいだけの光と都会のネオンの煌々《こうこう》とした明るさが、品のよい薄明かりのもとで、いつのまにか記憶から拭い落とされた。

物静かな光の中に、ソファが置かれていた。家族の生活のにおいはなかった。見回すと、脇の部屋のドアが開いていて、そこから明るい光が出ているのが見えた。そちらに人の気配があった。

マンションの廊下から一室に入り、その最初の部屋を通り過ぎる間に、先ほど述べたようにわたしは落ち着いた光に馴染んだ周囲の空気を浴びていた。知らぬ間に、わたしは貧しい暮らしの泥臭さを洗い流され、高貴な香水を噴霧されていた。わたしは男だけれど、西欧の童話に出てくるように、運命に導かれて貴族の城に入り、貴族の服を身にまとい、貴族の振る舞いをしつけられた貧民の娘のようだった。

しかし外見はどうであれ、中身の「わたし」は貧民のままだ。中身をさらけ出して笑われないように、息を呑《の》み、わたしはその部屋で静かに動いた。わたしは入学時からのジャケットを着続けていた。高級ではないけれど、薄暗がりでは遠目に布地の品質までは見えない。わたしはとりあえず、普段着のジャケットを着た貴族のように、外見に頼って振る舞うしかなかった。

幾分明るい光の漏れる部屋の入り口に近づくと、部屋の中に数人の先輩らしき人たちがいた。わたしは後輩を愛する優しい笑顔で迎えられた。財布を出して参加費を払った。入り口に置かれた椅子の背に、脱いだコートを掛けるように言われた。荷物も置かせてもらって手が空くと、紙ナプキンで底を包んだグラスを渡された。ウイスキーの水割りに氷が入っていた。

「適当に座って休んで」と言われた。しかし見回しても、わたしが見知った顔は一つもなかった。先輩らしき女性が数名、キッチンのそばで軽食の準備をしていた。その集まりの中に、ゼミの教室に来て、このパーティーの誘いをした先輩の笑顔が見えた。しかし彼の家族らしき人の姿はなかった。どうやら、一人でこのマンションで暮らしているらしかった。

あとで分かったことだが、彼は、学生パーティーをやることで、自分の恋人に親に買ってもらった自分のマンションを見せることを狙っていたらしい。自分と結婚したあかつきには、ここで暮らそうと、彼女を誘うためにわたしたちは利用されたのだ。親たちが知らないところで開かれた貴族の息子とその友人たちと、彼のお目当てがいる娘たちの秘密のパーティーに、わたしはまんまと騙されて、来てしまったようだった。

部屋の入り口が見える位置に、だれも座っていないソファを見つけてわたしは座り込んだ。ウイスキーの水割りが入ったグラスを握りながら、ようやく自分の失敗が見えてきた。同じゼミの教室に来ている級友は、わたし以外、皆、英語のテキストを読むゼミにも出ている。だから、この部屋の住人が自分たちとは格の違う富豪の息子だということを、どうやら知っていたらしい。

思い返してみると、ゼミの教室で先輩がこの自室のパーティーに誘っていたとき、周りの級友たちの反応は不思議なほど冷たかった。たしかにそのとき、わたしも「おや?」とは思った。しかし、気のせいだと思っていた。

　このとき、ようやくそのときのことを思い返し、本当のことに気が付いた。わたしだけが先輩が口にした「学生パーティー」に関心を抱いていたのだ。わたし一人が、学年の違う人たちが集まる野鳥の会の集まりと、それは大差ないパーティーだと思っていた。野鳥の会の集まりを経験して、この大学の集まりは、ほかも皆、似たり寄ったりのものだと思い込んでいた。ところがどうして、自分が通う大学には、まるで質の違う人たちが通っていたのである。同じゼミのほかの人たちは、わたしと変わらない人たちだったが、彼らは自室のパーティーに誘った先輩の家は自分たちとは無関係な世界の家だと、とうに知っていたのだ。わたし一人、知らずに来てしまった。

　とはいえ、来たとたんに帰る勇気はなかった。そのうえ佐野さんが来るかもしれないのだから、彼女が来るまではいなければならない。わたしは、ここはがまんするしかないと思った。周囲で立ち話をしている人たちからは、優しく楽しそうな声がしていた。上品で質の高い話に違いないと、聞く者に思わせる声だった。わたしは小さくなって自分がそこにいることがほかの人に気付かれないことを祈った。唇をグラスにときどき当てて、手にしたウイスキーを楽しんでいるふりをしながら、ソファに座ってじっとしていた。

　わたしは気配を消して、江戸時代の村の境に置かれた道端の地蔵のごとく、緊張したまま動かずにいた。ところがそれがかえって怪しまれたかもしれない。一人の先輩が隣に座って声をかけてきた。

「君は、何に興味があるの？」

わたしは、答えを用意していなかった。哲学科の学生としては、何らかの哲学か哲学者の名を答えなければならないだろうと思いながら、その頃はまだ、わたしは図書館や書店の膨大な哲学の著作の棚を前にして、どこから読めばいいのか分からず、逡巡《しゅんじゅん》するばかりでいた。いくつか入門書を読んでも、興味を引くものに出会えずにいた。

わたしはその先輩の顔を見返すこともできず、困って、クラブ活動で野鳥を見ていると、下を向いたまま答えた。生き物が好きだからと、言い訳めいたことばを添えた。

すると横に座った先輩は、「それじゃあ、ジャック・モノーの『偶然と必然』は知っているか？」とわたしに訊ねた。

わたしは不意を衝かれたように思った。じつは、まさにその日の午後、教授がゼミの教室に入ってきて授業が始まろうとしていたやさき、一年先輩の学生がその訳本を自慢げに勢いよく持ち上げて見せて、「これで卒論書いたらどうですかね」と、教授に言ったのを、わたしは横で聞いていたのだった。

言われた教授のほうは何のことやら分からない様子で笑って無視していた。そのときは生物学の本らしいから哲学の卒論にはならないだろうと、わたしは軽く思っていた。それが同じ日の夕刻に、まさか同じ本の名を、哲学の先輩の口から聞くとは思わなかった。自分の考えが間違いだったのか、やはり哲学の本として取り上げてよいものだったのだろうかと、わたしは戸惑った。

あとで知ったことだが、その翻訳本は、なんとその日の前日に出版社から発行されたばかりのものだった。つまり日本では真新しい本だったのである。わたしは、新情報には、いつも疎かった。ゼミの教室で耳にしたことは、だからその頃のわたしにとってはありえないことだった。

しかしわたしは、「ああ、それは」と、先輩に答えながら、数時間前にその名を耳にしたに過ぎないので、知ったかぶりもできず、言い淀んでしまった。口にできたとしても、自分の浅知恵の告白になるだけだっただろう。しかもそのときわたしは、ソファに座ってじっとしていたからか、口がうまく動かなかった。

先輩は何を言っているか分からないわたしの返事を待っていられない様子だった。

「今や、君、科学哲学の時代だよ。実存主義だとか、現象学だとか、マルクスだとか、もうどれも古いんだ。時代の先端の科学を哲学するのが、これからの哲学だよ」

と、誇らしげに話した。

わたしは、そう言われても、なんと答えていいか分からず、「はあ」と、返事にならない返事をしていた。先輩はわたしの腑抜《ふぬ》けとしか思えない返事を聞いて、「こいつはだめだ」と思ったに違いない。あきれた顔をして立ち上がると、ほかへ行ってしまった。

わたしは先輩が親切に声をかけてくれたことに対してまともな返事もできなかったことを、本当に申し訳ないと思った。しかしそのときのわたしは、部屋の入り口がよく見えるソファに座って、佐野さんが来たとき、わたしがいることを見てもらわないことには帰れないと、そのことだけが頭にあった。彼女に、嘘つきだとは思われたくなかった。ほかのことは、どうでもよかった。

㈥

とはいえ、その一方でわたしは、そのときまで味わったことのない違和感を覚えていた。英語ゼミの教室に籍を置く先輩の話を今しがた耳にしただけで、その部屋に集っている人たちは、野山や海辺に暮らしている野鳥たちの暮らしのことなど、心の片隅にもないことが明らかだと思った。自分とはまるで違う人たちだと感じた。同じ大学に、じつはこういう類いの人たちがいるのだという違和感だった。人の心との「距離」という、測ろうとしても測ることのできないもの、そこから生まれる違和感、孤独感、寂しさを、わたしは感じていた。

しかし、わたしはそれを自分の心にどのように描いて、どのように自分の心に焼き付ければいいか、分からなかった。

人よりも早く新情報に接してそれを取り入れた話ができることが、その部屋に集う彼らの誇りらしかった。戦争のない平和な世の中にあって、利益が転がっている場所を目敏く見つけ、いち早く手を打つスキルを身に付けることが、どうやら社会の中で富を得た者が努めなければならないことだった。おそらくそれがその息子たちにとって最も重要な学習だった。

息子は、それができなければ親の財産を食いつぶす「穀潰《ごくつぶ》し」に過ぎない。そんなことになってはせっかく優雅に生まれついた自分の顔に泥を塗るだけである。それでは産んでくれた親に対して申し訳ない。上品な笑顔が似合う息子たちは、自分の生きる道がそこにあることを本能的にかぎ分け、与えられた優秀な頭脳をフル回転させる。腕力ではない、優雅なことばの力で自分を「雲上人」のごとく飾り、野心を美麗なことばに隠して成功する道が、彼らの生きる道だった。評判のよい大学に入り、現代哲学で人気の教授のゼミに属して、新しい情報を敏感にとらえ、失敗のない道を進む人たちだった。

それに対してわたしが目覚めた野生の世界は、まったく別のところに在った。

はるか昔から、野鳥は、塵芥《ちりあくた》の交じる大地の上、空中、海中、海辺で、餌を見つけてそれを食べ、あちこちに糞《ふん》を落としながら、巣を作り、卵を産み落とし、大きな口を開けて自分に餌をねだる複数の雛《ひな》に追い立てられ、餌を運んで、ひたすら次の世代を育てている。繁殖期が過ぎれば、いっとき、ほっとできるとはいえ、遠く海を越える季節ごとの渡りは、彼らにとって翌年まで自分が生き残るかどうか分からない命の選抜試験だ。そしてまた次の繁殖期には、美しい囀りの陰で、目もくらむ忙しい日々が飛ぶように過ぎていく。そんな人間以外の生活は、間違いなく、彼らの視野には入らない。

冬の二月、先輩に誘われて厳寒の下北半島に鳥を見に出かけたことがある。先輩が当地の高校の生物の先生をたまたま知っていたのである。わたしたちは数人でその先生を訪ねた。野鳥観察に訪れたわたしたちを、先生は笑顔で迎えてくれた。そして陸奥《むつ》湾の岸辺にあった宿舎に特別に宿泊できるようにしてくれた。

食事を作る広い台所は暖房がなかった。水道の蛇口はすべて凍らないように少しだけ開いたままにしてあった。蛇口の半分が透明の氷で覆われていた。きらきらと光る氷のこぶが蛇口の半面を作り、あとの半分から水がちょろちょろと落ちていた。

道は踏み固められた雪で覆われていた。雪の白さのせいか、それを汚しているものがすべて黒く見える。雪に覆われた世界では、白以外の色は、すべてが黒ずんでいた。白と黒が、人々が生活を営む世界の大方をしめていた。白黒の世界は、暗く寂しい世界だと思うかもしれない。しかし、ページの白と、そこに印刷された字の黒が織りなす本の世界を見慣れていたわたしには、白黒の世界は、思いのほか、自然な景色だった。

宿舎が接していた陸奥湾にはオオハクチョウが集まって浮いていた。その群れの中から、人の姿がある岸辺に近づいて餌を求める若い個体の姿があった。その年の冬は、前年の暮れにどか雪が降り、雪で厚く地面が覆われてしまったため、初めて冬を過ごす若い個体は、雪の地面で餌を探す方法が分からなかったらしい。

わたしは宿舎の近くまで上がってきていた若い白鳥を見て、厚いスキー用の手袋をした手を、そのくちばしの前に出してみた。すると、空《から》の指に勢いよく噛《か》みついてきた。餌がもらえると勘違いしたのだろう。驚いて手を引っ込めて自分の手袋を見たら、そこに血がついていた。激しい飢えのせいで口の中の傷もかまわずにわたしの手袋に噛みついてきたのだ。若いオオハクチョウは、手を引っ込めてしまったわたしを、黒い小さな目で見ていた。

野鳥の顔には、人間の顔には豊かにある表情筋がない。だから彼らの顔に、彼らの表情を読み取る手立てはない。しかし、体全体の動きは、彼らの状態を、嘘偽りなく表していた。わたしの体は食事をとって満たされていた。一方、目の前で指に噛みついてきた若いオオハクチョウは、口の中の傷の痛みなど気にならないほど飢えている。わたしは、空気の寒さとは無関係に、目の前の「飢え」の辛さに胸が締めつけられた。

しかし、野生の鳥獣への給餌はしないようにと教えられていた。野生の鳥獣は、自然にある餌だけで生きられるだけ生きるのが、昔からの自然の決まりなのだ。もっともな理屈である。わたしは、それに反対して自分の考えをもつ自信はなかった。教えられた理屈に従って、心を冷たくするほかなかった。激しく飢えたものの行動でわたしを驚かせた若いオオハクチョウから目を背け、わたしは何もできずに、一人、そのまま宿舎に引きあげた。

高校までのわたしは、野生の世界に触れたとき、驚きもしたが、どちらかと言えば慰められていただけだった。大学でのクラブ活動でわたしは初めて野外で双眼鏡を覗いた。先輩の案内で、さまざまな生死が連続する野外で命がはじける姿を見た。そして、飢えと死を見る辛さに出会った。とはいえ、わたしの心は、まだそれに触れるだけで、それを養分にして成長していたわけではない。野生の生死の場面から養分を得てそれを消化するためには、命の意味が分からなければならなかった。わたしはたしかに、野生の命に出会っていたと言える。しかし、その初めての経験に、わたしは目を丸くしていただけだった。命の意味は分からないままだった。だから野生の命を知ることに関しては、そのパーティーに集まっていた先輩たちと少しも違わなかった。しかし、パーティーが始まっていた部屋で、それでも周囲の先輩たちとの間に、言い表しがたい違和感をわたしは覚えていた。その違和感は、わたしの心を閉じこもらせ、身を固くさせていた。

周囲の先輩たちは、夢や希望をもって自分たちが進むべき世界を、親からも学校からも教えられていた。しかしそれは、野生の世界にはつながっていない。ごくたまに、旅先で接した野生の世界に打たれて、心の視野を新たにする人はいるだろう。しかしそれはニュースになるくらい稀《まれ》なことだ。野生の世界は、土と交わり、水と交わって広がる世界である。野生の世界には着飾った人間はいない。ウイスキーが入ったグラスもない。せいぜい、山に入っただれかが落とした小金しか、転がっていない。

野生の世界は「いのち」から「いのち」を受け取る世界だ。そこに、金銭は介在しない。ただの事物は介在しない。命の中途には、無駄が介在しない。しかし、なぜか無駄がなければ、わたしたちの目につくものがない。人目につくものは、生きる上では無駄なものだけだ。目にとまる宝玉も、黄金も、金銭も、どれも腐らずに貯まるが、「いのち」ではない。それ自体は「いのち」を養ってくれない。それをわたしたちの「いのち」に変えるためには、いったん「いのち」に資する別の「いのち」と交換しなければならない。「売買」という、その交換にともなう作業の間に「いのち」ははじかれる。そして人間の知恵が生み出した「無駄」が始まる。その無駄が、人間社会では、いちばんの誇るべき「所有」であり、「財産」になる。

だから、「いのち」が直接に「いのち」を産む真実の世界は、無駄に人生を生きようとする人間たちに無視される。近代が見出した「エントロピー」の概念がある。近代の産業は、石炭のもつ化学エネルギーを、いったん熱に換え、水蒸気を媒介にして、蒸気エンジンを駆動することを土台にして発展した。「エントロピー」の概念は、その際に出る膨大な「無駄」を教えている。蒸気機関は、膨大な熱を媒介にして車輪を動かすエネルギーをつくる。そのことが、もともとあったエネルギーの多くを熱にして宇宙空間に拡散する。「エントロピー」理論は、それを明らかにした。科学技術を応用した近代産業は、とんでもない「無駄遣い」をしていることを、科学自身が、当初から認めている。そして科学文明は巧い理屈を見つけた。「エントロピーの増大」は自然法則だから、増大は仕方ないのだという理屈である。無駄に生きることを科学が奨励しているのだ。

介在するものが無ければ無いほど、無駄なくエネルギーは変換される。こんなに明らかなことはない。野生の世界は「いのち」の世界で、それを日々、こなしている。それにもかかわらず、野生の世界は人間に見くびられ、侮蔑され続けている。そして人間は、無駄なことをして野生の世界を絶滅に追い込んでいる。やたらと無駄に炭酸ガスを噴き出し、地球の大気を熱の貯蔵庫にしながら、これは過去の人間にはできなかったことだと、自らの所業を自慢している。

矛盾だらけだ。人間世界で富む者たちにとって、夢と希望が広がる金色の世界は、その「無駄」に、皆が群れ集う世界である。野心のある人々が新天地を求めて群れ集う世界は、そういうところにしかない。新しいものが発見されたと知れば、すぐにも若い人たちがそこに飛び込んでいく。人間世界の中で新しい時代が生まれようとしている場所にこそ、時代のマグマが動き、英雄が出現し、お金が動く。

彼らの親世代も、簡単には老いない人たちである。その世界で目利きとなった老獪《ろうかい》な人間は、年をとっても時代の動きを見逃さない。そして同じ知恵を身に付ける息子たちを待望し、見つければ高給で雇う。わたしたちのような一つ下の生活レベルで生活する者は、彼らの興味の対象にはならない。

人間の野心は、社会に階級を生み出し、野心を引き継ぐ新しい人間は、それを確実に更新し、自分たちの生活を支えてくれる既存の階級を固く守ろうと、知恵を学ぶ。美しく飾られたことばと、打ち立てられた神への忠誠心に酔いしれて、彼らの日々を過ごす。周囲は美しく飾られ、聞こえてくることばも、野心を飾る知恵に満ちている。高貴な生まれの人々は、自分たちの生活の中で、自分たちが生きていくための滋養に事欠かない。その世界のうちにいて、自分たちのために努力することが、自分たちの誇りと信じて疑わない。

そしてひたすら汗をかくだけの「下の人々」は、その偉大で美しい自己満足の誇りの口車に乗せられて、彼らの美しい飾りに憧れる。憧れることに満足して、ひたすらそのために働き、死んでいく。

一方、人間の野心に満ちた世界から離れ、外の空気にたまたま触れた者だけが、違和感を抱き、社会に見えるその「差異」に「怒り」を覚える。人が人の生活を踏みにじっている様子が嫌でも目に映る。あちらこちらで、心と体の滋養分の配分を計算すると、さまざまな数字が、格差を露わにする。

マルクスがそれをことばにしたことで、今度は、野心をもった人が既存の階級社会をマルクス色の別の姿に更新する。しかし人間の野心が作る社会は、ちょうど同類の根からは同類の草が成長するように、見る間に結局は同類の人々が独占する社会をつくる。こうして再びあるはずのない階級が社会の中に作られる。当初は若々しい正義の彩りで輝いていた「革命」が、再び古色に満ちた「立像」に仕上げられる。そしてそれを見た人間は、また同じことをしなければならないのかと、ため息をつく。

わたしの目には、マルクスが求めた結果を得た国はなかった。わたしが通う大学も、近代の資本主義がつくったものだ。無駄をつくることで永遠に膨らむのが資本主義経済である。そのもとで、大学は、無駄を作ることが名誉となる教養を、飽くことなく教え続けている。そこには不名誉な過去と不名誉な未来が見えるだけだった。

わたしには、それは空しいだけの努力に見えた。そして、それはわたしから学習意欲を奪っていた。生きていることも、学生であることも、空しかった。

その部屋の先輩たちは、まったく気付いていないようだった。銀座の高級バーの真似事か、水割りのウイスキーを配って、いかにもスマートに進めているパーティーを薄暗がりの部屋で催すことによって、わたしの周りに若々しい野心の声音を響かせていた。しかし、それは野鳥の真実の声音の十分の一も、わたしの興味を引くものではなかった。とはいえ、一部の人々が怒りを向ける社会の階級差にも、わたしは興味がもてなかった。

ソファに居座ってから、一時間くらいたったとき、佐野さんが現れた。しかし彼女はわたしには一瞥《いちべつ》もくれず、キッチンのそばに陣取っていた女性陣を見つけて、そのほうへ行ってしまった。彼女が笑顔でそこにいた女子の話の輪に入っていくのが、薄暗がりの中で見えた。

　わたしはそれを見届けて、少しがっかりしながらも、やはり何もなかったのだと、安堵もしていた。そして彼女を待つ義務を解かれたことで、わたしは子供の手を離れたガス風船のように、そっとソファから立ち上がり、黙って部屋を出た。

(七)

　マンションを出ると、すっかり夜になっていた。そして外の冷気に触れたとき、わたしは思わず深呼吸していた。胸の中でそれまでいた部屋の空気が入れ替わって、わたしはいつものわたしに戻ることができた。中であったことが、少しだけ、記憶から零《こぼ》れ落ちていくように感じた。

　街路を歩き始めると、ただ佐野さんのことを考えた。彼女が見せた行動は、わたしの思いに気付いていた行動ではないと思えた。そう思いたかったからではなく、そう考えることで、わたしは彼女に気付いていなかったときに戻りたかった。恋などいらなかった。わたしには、虚無の問題だけでたくさんだった。ほかのことは考えたくなかった。

　彼女に好かれたい思いは、たしかにあった。でも、過去に性愛の経験をもつ自分は、佐野さんとどう向き合えばいいのか分からなかった。実際に付き合ったら、嫌われることになるだけかもしれないと思った。

ゼミの始まる教室で聞こえた「声」は、きっと何かの間違いなのだろうと思った。なんでもない、無意味な声だったのだと、無理にも考えた。わたしが勝手に驚いただけだったと考えた。それが事実であるほうが、恋をするより、はるかに気が楽だった。

わたしが目にした彼女の行動は限りない純真さを見せていた。その純真さは人目を気にして飾った作りものではなかった。それはどう考えても確かだった。それに対して、わたしの体には異性の体のにおいと体温が染みついていた。その記憶は彼女が見せる純真さを前にしたら、恥ずかしいこと、隠さなければならないものに思えた。

その思いはわたしの恋心に思わず蓋をした。彼女の前で、何を言えばいいのか分からなくなるだろうと想像した。だから、このまま彼女とは口を利くこともなく、すっかり忘れることができれば、それに越したことはない。

そこまで考えて、今度書店に寄って、『偶然と必然』を買って読んでみようと、わたしは帰り道、最後に思った。

5の㈠

わたしは翌日、学校帰りに、いつも哲学の本を探しに行く大きな書店に寄って『偶然と必然』の翻訳書を新刊書の棚に見つけると、迷うことなく買い求め、帰宅してさっそく読んでみた。

読んでみたが、特別何か新しいことが発見されたようには思えなかった。ただ、「遺伝子」と呼ばれる生物の遺伝要因が、デオキシリボ核酸（ＤＮＡ）というアミノ酸が絡まった分子でできていることが、最近明らかになった、ということだけだった。

それは二重のらせん構造で、それがほどけて二つに分かれ、それぞれが新しく自分の対になる構造に分子を組み立てることで、同じ内容のデオキシリボ核酸のコピーが生じ、結果、一つの細胞の中にあった遺伝子の内容が新たに二つの細胞のうちに出現して同じ内容の遺伝子が新しい細胞の中の遺伝子となって伝わるというのだ。

デオキシリボ核酸の分子は物理的な分子構造に過ぎない。そのためそれが自分と対になる構造の分子を組み立てるときに、事故が、つまり間違った組み立てが起きる確率は、ゼロではない。その間違いはその細胞の死の原因となるかもしれない。しかしその間違いが、新しい姿の細胞を作る可能性だってある。どちらになるかは偶然である。そしてその偶然が、生物進化の原因だというのである。というのも、ひとたびそれが成功すれば、その細胞は、同じ遺伝子をコピーして増やしていくことになるからである。

この理屈は分かった。生物の遺伝に関して科学の発見があったことは、事実だった。だが、哲学の発見があったわけではない。生物の進化が、偶然と必然によって生じていることは、ダーウィンの進化説でも言われていたことで、新発見ではない。目の色変えて騒ぐほどのことではない。そう思った。

ゼミの教室でその本を掲げて見せた先輩は、この本でどうやって卒論を書くのだろうかと思った。そしてそんなふうに考えているうちに、自分も進化の謎解きにかかわりたくなった。生物の親からは親と同じ種の子が生まれる。経験的に明らかな事実だ。そしてそれがデオキシリボ核酸の安定的な分子構造によることが、明らかにされた。しかし、それなら「進化」はどうして起こるのか。

遺伝が、新しい分子に書き写されるときに、間違いがあれば、内容の書き換えが起こる。日本語の文章でも、誤字脱字、あるいは、文意の受け取りに間違いがあって、書き写しのときに写し間違いが起きることは、よくある。それを防ぐのが、他人の目による校正である。間違いが校正のチェックを受けずに、偶然、広く世間に伝われば、それが政治を動かす世論になる可能性がある。そして、さまざまな思想が、狭い地域共同体から段階的にチェックを受けるか、さまざまな反論によってチェックを受けずに、忙しさにかまけて安易に大衆の思想統一に用いられれば、大きな国でも、それだけ思想の間違いが大きなものになり、抑制が利かなくなり、早晩、亡びる可能性がある。

しかし、誤字脱字や文意の取り間違いは、ほとんどの場合、だれかの目で発見され、笑って書き直され、書き手の能力がマイナスに再評価される。それが健全な社会だ。そういうチェックが働かない社会は、早晩、滅びるだけである。

生物の遺伝でも、その写し間違いは遺伝子を消滅させるチェックが、早晩、死という個体の運命によって働く。そうして初めて健全な子孫の継続、すなわち、生物界における種の維持がある。それがなければ、その種は不健全な個体ばかりになって、早晩滅びてしまう。

間違いが進化の成功をもたらすのは、だから「失敗が成功を生ずる」ことを意味する。それは、とても予想できない成功である。なぜなら成功は、小さな成功の積み重ねで起きることであって、普通には失敗の積み重ねで起きることではないからである。人間の世界で失敗から成功が起きるのは、誰かが失敗の原因を見つけてそれを直すからである。遺伝子の受け渡しの場にそんな人はいない。機械の故障が重なって新しい機械が生まれることはないように、本来、想像できない事態である。あれば、まったくの「奇蹟」である。

したがって生物に遺伝があるとき、写し間違いが起こると同時に、それが新しい生物を生ずることに成功する確率は、ほとんどないはずだ。それほどに、進化の成功率はゼロべースと考えるほかない。

(二)

しかしながら人生の中で、或るときの失敗が後々の成功の伏線になることが「奇蹟」と言われて語られる。受験の失敗が仕事の成功をもたらす人との出会いを用意し、出会いの失敗から起きた趣味への没頭から思いもよらない人脈につながり、仕事の成功がもたらされる。そうしたことが人生には起きる。

おのれの半生を振り返れば、不思議な思いに満たされる。ふとした思い違いか、あるいはただの不注意か、偶然から、人を絶望させる失敗が人生にはたびたび起きる。しかしその偶然が、のちになって、人を驚かす「奇蹟」を生み出すことがある。絶望が人に死をもたらすか、それとも、絶望に耐えて奇蹟を待つ知恵を人にもたらすか。それも偶然であり、人それぞれであり、人の数だけある可能性だ。故事にいう「人間万事塞翁が馬」の意味するところも、同じ人の世の不思議に違いない。

そして、今、定年を過ぎて、人並みに長く生きてきて、それは生き物の全体に見られる「いのちの不思議」に違いないと、わたしは思う。

そんなふうにこの歳になって思うのは、結局は、佐野さんとの出会いがわたしの胸の奥底を攪乱《かくらん》し、気付かぬうちに「虚無」をわたしの心から追い出してくれたからに違いない。彼女と別れて、ときに彼女とのことを思い出しながら、ずいぶんと長い間そのことが分からなかった。彼女のおかげで、知らず知らずのうちにわたしは自分が生きる意味をつかみながら生きていた。にもかかわらず、そのことに、しかとは気付かず、いつも少しだけ不安を残して、別れた妻とも、出て行った娘とも、慌ただしく生きてきた。

しかし今になってよくよく考えてみると、彼女との出会いと短い付き合いが、ちっぽけな自分の命に百パーセント満足してもいいと思える「今」を作ってくれたのだと思う。実際、佐野さんとの出会いの後、日々の小さな出来事にも、どれだけかは分からないが、生きていてよかったと思える心が、たしかにわたしの胸にはあった。

だから今になって、彼女には面と向かって「ありがとう」と、心から感謝したい。今では彼女の顔にはしわが目立つかもしれないが、その眼には面影が残っているだろう。

もちろん言うまでもなく、佐野さんとは二度と会うことはないだろう。彼女も、今頃いおばあさんだろう。孫の世話で忙しいだろうか。かわいい孫相手の日々の中で、今さら、わたしと会ってみたいとは思わないだろう。それは自分でも分かっている。そのことを考えると、直接会って感謝したいと言っても、それは嘘くさい話に聞こえる。

しかし、嘘ではない、本当のことだ。だれも分かってくれなくても、逃れることができない自分に誓って、本当のことなのだ。神に対する信仰なら、捨てることもできるだろう。

でも、生きている限り、人は、自分を捨てることはできない。だから、嘘がないことを、わたしがその自分に誓うほど確かなことはない。本当に、わたしは佐野さんに感謝したい。わたしの人生に「真実」と「命」を注ぎ込んでくれたのは、疑いようもなく、彼女だからだ。

㈢

たしかに佐野さんのほうでは、そんな覚えはないだろう。むしろわたしの話を聞いたら、自分の命が知らないところでわたしに何かを与えたことに、驚き戸惑うだけかもしれない。考えてみれば、活発に生きる野鳥の真剣な目は、彼らにはそのつもりはなくても、わたしの心に真実の「いのち」を繰り返し問いかけてくれた。わたしは自分の心が、それに答えることができないことに、苦しんでいた。野鳥が示してくれていたことを、わたしが学び取れずにいた。佐野さんの生きる姿も、ことさらわたしのためではなかっただろう。そんなことは、分かっている。彼女は、わたしの知る限り、特別世間から褒めそやされるような何かを成し遂げたわけではない。

しかし、彼女は家族から愛され、友人から愛されて、一人の女として生きる嬉しさを、素直に語り、わたしに見せてくれた。わたしは彼女のその生きる姿に出会って、胸の奥底から励まされた。わたしの心の周りには、生活を虚無的にしていた膜があった。彼女の存在はその膜を気付かぬうちに切り裂き、わたしの心から剝がしてくれた。

二十歳になって、わたしが生きる周囲の世界は、大人の世界になった。まだ心が幼かったわたしは、その世界に出るのが恐ろしくてバリアを張っていたのかもしれない。心にあったそのバリアが、今度は大人の世界に生きる意味を見つけることを妨げる心の膜になっていた。

彼女の存在がそれを破ってくれた。第一の誕生が母親の胎内からこの世に出てくることだとすれば、あのときが、わたしの精神が大人の世界に脱皮する第二の誕生だったのかもしれない。母親から、わたしは産院で生まれたのではなく、自宅で、母親がよく知っていた助産師さんに取り上げてもらったのだと聞いた。言うまでもなく、自分が生まれたときの状況など、自分の体験としてもっていない。

「へえ、そうなの、初めて聞いた」という他人事の思いしか、わたしにはない。

そして、性愛体験をすでに持っていた二十歳のわたしには、うぶな彼女は幼く見えたけれど、本当は、彼女は最初の誕生時がそうであったように、知らないうちにわたしを大人の世界に取り上げてくれた第二の「助産師さん」だったのかもしれない。彼女のおかげでわたしは自分で自分を傷つけずに第二の産室をこじ開け、外に出ることができたように思う。膜を破いたのはわたし自身であっても、それを促し、励ましてくれたのは、彼女の生きる姿から聞こえたあの優しい声だった。

彼女がいなかったら、今頃、自分がどんな人生を歩んでいたか分からない。きっと、さぞかし寂しい人生を歩み、寂しいだけの老後だったろう。わたしの人生には人並みの履歴が横並びに並ぶだけだっただろう。結婚して、子供が生まれ、会社の仕事に追われ、子供が育ち、子供がわたしたちのもとから出て行き、妻もついでに出て行ったという、寂しい履歴書だ。過去に、自分の経験をあれこれと数え上げて見せることはできるとしても、どこかの坊さんに、「それがどうした」と言われたら、きっと、ぐうの音も出なかったに違いない。

しかし、老齢の今となって虚無の皮を剝がしてくれた彼女のことを独り振り返るとき、わたしが経験したどの事実も、特別なものだったことが分かる。この歳になって初めて、そのときには分からなかった大切な意味が分かる。考えるたびに辛くなる事実であれ、考えるたびに嬉しくなる事実であれ、その一つ一つが、自分の人生になくてはならないものだったことが分かる。それを経験していたときには分からなかった意味が、今になって、限りなく意味を持つことが見えてきた。

しかも、わたしにとってだけ、それは底が見えないほど深い意味をもっている。死を迎えることがいつになっても、このわたしには自分の人生に満足できるだけの意味がある。でも、その経験をだれかに話して、してやったりと、自慢できる意味があるかと言えば、そんなものは少しもない。それも、わたしには分かっている。わたしが人生で経験したことは、わたしだけが生きていてよかったと思える意味を持つ。他人にその意味を分かってもらおうとするのは、お門違いというものだろう。偉いお坊さんに話しても、きっと、「それがどうしたね」と言われ、「無」だと言われるだけだと、分かっている。

わたしの人生は、わたしだけがあの世に持って帰ればいい。人さまからどう見えるかなど、あの世に向かうわたしにはどうでもよいこと、わたしが受け取れるだけの経験とその意味だけが、わたしの人生だ。わたしにとっては、わたしが生きている間に受け取れる意味だけが、すべてではないか。生きているうちに、思い返すたびに、わたし自身が満たされる何かが、わたしの人生にあれば、それで十分だ。

そもそも、わたしが死んだあとに生き残っている無数の人を満たすような意味がこのちっぽけな、たった数十年のわたしの人生にあるはずがない。たとえあったとしても、わたしの人生経験が他人の心を満たすかどうかなど、本当はどうでもよいことだ。死んだあとに、生きている人に自分の人生を自慢することを考えるなど、そもそもばかげているだろう。

あるいは、あの世で、先に死んだ人に会ったとしても、先に死んでいる人は、わたしの人生を知る由もない。自分とて、親の人生のほんの一部を聞いて知っているだけで、きっと彼らにとって本当に大切だったことは、わたしに話す機会がなかっただろう。あるいは、ことばにできなかっただろう。わたしも、自分にとって、そして自分にとってだけ大切なことは、他人にどう話せばいいか分からない。

それなら、結局のところ、ほかの人たちの心を満たす意味など、生きているわたしの人生のうちに見つけられるはずがない。それでいい。地面を這《は》って歩くアリたちも、ただ自分の生を生きて、それで満足している。ほかのアリに自分の人生を自慢するアリなど、いるはずがない。人間も同じだ。自分を生かしてくれる「いのち」が満足すれば、それで十分なのだ。

それがこの歳になってようやくはっきりしたように思う。

思えばあの頃のわたしは、あれこれ駄々をこねるだけで、その先にある広い世界に踏み出していくことを、内心恐れていた。自分で心の膜を破り捨てる勇気を持たない甘えが残っていた。ふいにわたしの前に現れた彼女の姿が、大人の世界の現実に面と向き合うために、心の羊膜を破り捨てる勇気をあのときわたしに渡してくれたのだ。

今となっては面と向かって感謝できないが、彼女には、どれほど感謝しても感謝しきれない。あれから半世紀が過ぎようとしている。もう彼女に会うことは決してないだろう。

(四)

わたしはそのときまで、まったく知らなかったのだが、佐野さんはアメリカからの帰国子女だった。

　後期の期末近くなって、仏文テキスト講読の時間が始まるときに、突然、彼女が手を挙げた。教授が口を開く前に、彼女は「わたしがやります」と言い、あわせて「英語でいいですか」と言った。そしてそう言うなり、教授の返事を聞かずにはっきりとした声で、テキストの翻訳を始めた。どうやら、これまで授業で教授を前にして翻訳作業をしていなかったことで単位が取れないかもしれないと不安になったからのようであった。いきなりなめらかな英語でテキストを半ページほど訳したのである。目が覚めるような、明瞭な英語の発音だった。

　それまでは、わたしを含めてほかの人はみな机の上のテキストに顔を向けたまま、恐る恐るつたない訳を発表した。そのため、声がこもりがちで聞き取りづらかった。佐野さんは顔を上げていたのだろう、彼女の声は教室のどこにいてもよく聞こえる声だった。仏語もだが、英語のほうもろくにできない教室の皆は、内心、びっくりしながら彼女の英語を聞いた。言うまでもなく、わたしもその一人だった。

　彼女の訳が一通り済むと、男子学生の一人が、たまらなくなって、「よく分からないんですが……」と言ったので、教授も表情を崩して、「そうだろうな」と言い、教授自身の翻訳を初めて披露してくれた。教室の皆は、教授の日本語訳を聞いて、ほっとしていた。

　とりあえず講読の時間に翻訳の宿題をして見せたことで、次の週には佐野さんは授業を休んで姿を見せなかった。教授は彼女の姿がないのを見て、彼女が帰国子女だということを自分も初めて知ったと、皆の前で満面の笑みで話した。教授は、大学が持つ学籍簿を見たらしい。彼女の英語がなめらかだったことと、ほかの日本人とは違って堂々と自分の訳を発表した理由がそれだったのかと、皆が納得した事件だった。

その後、何かの折に、校門を出ようとしていた佐野さんを見つけて、わたし自身も帰るところだったので、声をかけた。わたしは自分が彼女とは距離をとらなければと考えていたことを忘れていた。不思議なくらい自然に、わたしは彼女と一緒に近くの駅まで歩き、そこから電車に乗り、途中の駅まで一緒に帰った。彼女は、一緒に歩く帰り道、恥ずかしそうに下を向いていた。わたしのほうは彼女を帰国子女だと知った好奇心で、彼女の視線がよそに向いていたことなど気にならなかった。わたしは彼女がカリフォルニアのサンフランシスコに、父親の仕事の関係で小学三年から高校卒業までいたことを聞き出していた。思春期に英語の世界で育った彼女の経歴に、わたしは純粋な興味をもった。

思えば、大学の初年時に始まった野鳥の世界との出会いとその後の自然体験、そして二年生の終わりに始まった彼女の世界との出会いと付き合いが、このとき重なって動き出した。そのどちらもが、邪念の混ざらないものだった。

親鳥が何も知らない雛を巣から誘い出すことに成功するように、わたしの中にあって外に出ることができなかった「素のわたし」が彼女の仕草によって誘い出され、人間社会の大きな歯車の連結につなぐことに成功したのだろう。神の業《わざ》と言えば、神の業だと思う。

㈤

翌年、本来の仏語ゼミの担当教授が外国から帰り、わたしたちの講読テキストとして選んだのは、生の哲学者として知られていたアンリ・ベルクソンの『創造的進化』だった。文庫で翻訳が出ていたので、フランス語で読む必要はなかった。ダーウィンの進化説に同調しないその独特の進化説は、わたしにとって第三の驚きだった。

一般的に知られる進化説を唱えたダーウィンは、園芸植物や、家禽《かきん》その他における人為的な「品種改良」が可能になっている事実から、自然界でも種の進化は可能だと見ていた。そして、自然界でも起こる遺伝内容の偶然的変化と、周囲の自然と合わない個体の自然淘《とう》汰《た》を組み合わせて、種の進化を説明していた。

しかし複雑な内容をもつ生物種の遺伝内容が、一個体がもつ膨大な数の遺伝子の一つ一つについて、どれも単なる偶然にまかされて変化したとき、全体としてそれらの変化が一個の統一された生物種をつくることができて、しかもそれが淘汰を受けずに生き残る確率は、ほとんどゼロだ。少なくとも、そんなことが限られた時間のうちに起こるとは考えにくい。一つの個体だけが仮に進化したとしても複数の雌雄の間で繁殖が繰り返されれば、遺伝子の特異性は拡散してしまう。当初はダーウィン説にわたしは疑問を持たなかったが、生命の働きの複雑さを知るようになって、わたしはダーウィンの説明に無理があると思うようになった。

ベルクソンは、生命には生きること自体の躍動的ないし創発的な働きがあって、それは生きることを目的としているから、この目的に沿うために、ある一定の型が生きているタンパク質の内にもともとあって、種の進化が起こるとき、どんなに偶然的であっても遺伝子はもともと生命がもっているその型に沿った変化をすると見る。したがって個体のそれぞれが何の型もなしに偶然に変化するのではなく、一定の型を含むかたちで変化をするから、多数の個体の間で一挙に変化が起こり、種の進化に結びつくと説明する。たとえばタコと人間では、途中から進化の系統は違っていても、タコの目と人間の目は、同じような原理で光を受け取って視覚を得ている。これはその証拠だと、説明する。

すなわち、視覚器官は複雑な原理で機能するが、それでもその遺伝子は、個体がその器官をもって生きることを可能にする型に沿ってしか器官を変化させない。このことはまたこの地球上で生きることを目的としていることが、その目的に沿う型を生物が生きる機能自身のうちに含んでいることの証拠なのだ。目的は、未来に投げかけられてあるのではなく、創発する生命の創造的働きとして、未来の手前にある「現在」のうちに、すでにあるとベルクソンはいうのだ。

要するに、「生きること」自体が生物の目的であり、それは生命が誕生した時点でタンパク質の中に一つの型をつくっていたと見る。すなわち、生物はすでに自身のうちに実現している目的を目指し続けることで自分の中にある型に沿って生きながら、同時に、周囲の環境変化から生じる「生きることができる」新たな可能性へと、遺伝子の変化を引き起こす。それが進化だ。その土台にもなるこうした機能を生命は自分の内に持つことによって、次の世代の新種が生まれるというのだ。

たしかに「目的」とか「目標」は、わたしたちが将来に目指す「より良い未来の姿」として戦略的に計画される事柄と、ふつう考えられがちである。ベルクソンは、進化を理解するためには、その発想を変えなければならないと主張している。なぜなら、生物にとってこの世界に「生きる」ことは、将来に実現すべきことではない。実際、今、「生き残ること」が実現していなければ、その生物には、過去も未来もない。だからそれは、将来に実現すべき目標ではなく、現在すでに完全な仕方で実現していなければならない目標なのである。

目標が実現しているなら、そこにはもはや目標に向かって現在から始まる「過程」はない。それゆえ、すべての生き物は、生きていることですでに、自らの「いのち」のすべてが、いったんは完成している。

したがって地球上の生物種は、それが生きている限り、どの種であれ、地球の生物として、過不足なくすでに完成している。

ところが、環境のほうは、さまざまな生物種が活発に活動しているうちに、何らかの変化が起きる。そしてその変化に触発されて、生命は、その変化した環境条件に合った生き方ができる新種を生み出す。そして合わない種は、絶滅する。

㈥

わたしたちが不満を覚えるのは、現に生きていることについてではない。わたしが自分の生活に虚無を感じていたように、わたしたちが自分たちの生活に不満があるのは、自分たちの不満の出どころについて、ただの誤解があるからに過ぎない。本当は、生きること自体とは「別のこと」について、わたしたちは不満になっているだけなのだ。「生きること」自体にとっては、本当はどうでもいいことについて、つまり無駄なことについて、わたしたちにはたくさんの不満がある。わたしたちは怒り、恐れ、苛ついている。

わたしたちは、都会の生活は田舎の生活より便利だと思っている。しかし、その半面、都会の生活のあれこれに不便を感じている。不満があり、苛立っている。おそらく、わたしたちは、人間自身が勝手に作った家や金銭や乗り物について、不満なのだ。わたしの野鳥観察も、たしかに都会人の趣味の一つに過ぎないかもしれない。ただそれは、いつもわたしの不満を慰めてくれる。

　こんなことがあった。本州の最北端、下北半島まで鳥を見に行ってきたあと、わたしは自分の家の近くにあった公園を訪ねてみた。歩いていくことは無理だったが、自転車で行けば簡単に行けるところだった。子供を遊ばせる施設がそこにはなかったせいだろう、子供の頃、親はわたしをそこに連れていくことはなかった。大人になって、自分で近所の地図を見て、初めてそこに公園があることを知ったのである。

　丘陵地帯が終わるところに在って、大きな池がある公園だった。豊富な地下水が、池底のあちこちから湧き出していた。水はどこまでも澄んでいた。水草が、池底のあちこちに生えていて、その細長い葉が水の中で長い裳裾《もすそ》のように伸びて、優しく池底を隠していた。水が湧き出しているところの水草は水の流れに沿って揺れ、さらに水草が吐き出す酸素の泡が、水面ではじけていた。天然記念物の植物群落だと、池の隅に看板があった。冬だった。池の縁に並べられた木の杭《くい》のどれにも、コガモが一羽ずつ同じ向きで行儀よく停まっていた。

　水神を祭る祠《ほこら》があった。水天宮の社が池に突き出た小島の上に建てられていた。岸に続いて小さな半島になっていたところを、池の岸から隔てるために手前を掘り取り、そこに小さな橋を架けて聖域を守っていた。訪れる人もまばらだった。

　ところが数年後、そこを訪れて驚いた。池の水がすっかり土色に染まっていた。生えていた水草はなくなっていた。残っているのは、水面から外に伸びていた葦ばかりだった。それが豊富に湧き出していた地下水が池の全面で突然止まったのだと、一目で分かった。どうしてかも、山道で木々の根が地下に水を誘導している姿を見ていたわたしには、一目瞭然だった。丘陵地の上に続く土地がすっかり開発されて住宅だらけになったことが理由に違いなかった。土を露わにして水を吸い込む場所がなくなっていた。丘陵地の下で湧き出していた地下水が、そのために、ついに涸渇《こかつ》したのである。

数年前までは美しい自然があった。わたしが自然を知るようになってから、ほんの数年で、一挙に自然が失われた。その現実を目の前にして、わたしはただ茫然となるだけだった。コガモの姿がなくなった池の周りを、あらゆる方角から確かめるように、わたしは歩いた。都会を広げる文明人の咎《とが》が、身に染みるのを感じていた。

空も海も大地も、周囲の自然環境は何百万年もの長い間わたしたち人間の遺伝子を、地球の自然の適合者として生き残らせてくれている。ありがたいことだ。だから、現にわたしたちはほかの生物たちと共生して実際に生きている。わたしたちも生物種としては、ほかの生物種と同等に、完成している。生きていられるだけで、ありがたいことなのだ。

ところがわたしたちは、わたしたちを地球に生きる生物の適合者として長く育んでくれたその周囲の環境が、いつの頃からか不満になり、人を集めて変えるようになった。周囲の自然を変えるために、たくさんの人間を集め、つらい労働に駆り立てるようになった。

農耕が行われ、人が増え、巨大な建造物がつくられ、国家が生まれ、軍隊が生まれた。それが自分たちの食糧の供給を自然にまかせず、自分たちで確保し始めた人間の愚かしい歴史だ。それまでは、自然はわたしたちを「適合者」として食べ物を与え、細々と生きることを赦《ゆる》してくれていた。人々は感謝の祈りを神々に捧《ささ》げ、これからもそれが続くことを祈っていた。

ところがあるとき、そのままでは不満になった。アリたちのように地面を這い回るような生活は嫌になった。「偉大な姿」で生きることを目指すのがいいと、一部の人間が考えた。そして大地の自然に鍬《くわ》を入れた。

しかし自然を変えれば、むしろ人間は周囲の自然との釣り合いを失い、自然との間で不適合性を増すのは、当然の理屈だ。そして自然との不適合は、その結果として、わたしたちに襲いかかる自然の「淘汰圧」になる。自然がわたしたちに加える「淘汰圧」は、さまざまなかたちでわたしたちの不満を駆り立てる。人間の食糧生産が大規模になれば、自然が加える災害の規模も大規模になる。わたしたちは、繰り返し災害に翻弄される。その結果が、今度は複雑な過程をたどって、結局、心に重くのしかかる無数の災いを生む。

わたしたちの体に起こる病気も、何が原因か見つけることは難しい。その理由は、科学の未発達ではなく、「いのち」は、人間には解きほぐすことができないほどに遠い空からはるかな大地の奥底まで、「生態系」という複雑に絡み合う組織の中で動いているからだ。

わたしたちは何が原因か分からない不満に直面し続ける。あらゆる場面に不満を見つける人間の欲求は、自然が人間の勝手な発展に抵抗を続ける限り、いつまでも満足を得ることがない。それは自然の一部に過ぎない人間が自然の全体に逆らうことから生まれる当然の理屈に過ぎない。文明生活を誇ってその狭い世界で頭を働かせてきたわたしたちには、それが分からない。

わたしの中に生じた虚無感も、遠因はそこにあったように思う。現に今生きているはずの自分の「いのち」が、どうしても満たされないものを残していた。何が原因か分からない。生きているだけでイライラする。周りの人たちは、皆、それぞれいい人たちだ。それでも、その人たちのすることの何もかもが、自分の「いのち」が望んでいることではない。ところが、では、自分が望んでいることが何か、ということを考えると、それが何か、また分からない。靄の中にあって、何がそれを隠しているのかも分からない。だれに文句を言えばいいのかも分からない。わたしは、そんな状態だった。

若い頃のわたしは、そんなこととは露知らず、思春期の最後に、心を防衛するために心に羊膜を張った。自然を破壊し続けて止まらない社会の現実に出ることを、内心で嫌ったのだろう。わたしの素の心は、社会が持つ不満とそれをエネルギーにした都会の発展が、恐ろしい敵だと、無意識に感じていた。不用意にその中に踏み出したらきっと自分が壊れてしまう、そういう恐怖があった。

大人になって野鳥を知り、佐野さんを知るうちに、わたしはようやく少しずつ、せめて自分の中でこの問題を切り抜ける道を拓《ひら》き、社会の殺伐さに耐えて生きていく力を、なんとか蓄えることができた。でも、それは本当に、少しずつだった。そしてそれがあまりに時間のかかることだったので、わたしは大学を卒業するまでの間に恩を返すべき当の佐野さんを幸せにできる自信がもてなかった。結婚を口にできなかった。自然に対してと同じように、感謝すべき恩があったのに、それを彼女に返すことができなかった。

わたしが年をとっても自分の人生に誇りが持てず、出て行った妻を引き留めることができなかったのも、結局、そのためなのだと思う。生きて、恩返しをする自信が、いまだにわたしにはない。

環境破壊が過ぎて、そのうち人間社会は滅びていく。そのとき、人間社会も、同じ悔いに襲われるだろう。なぜ、これまで自分たちを地球上に生き残らせてくれた自然の恩を、わたしたちは返すことができなかったのか。どんなに悔いても、もう遅いことだと分かるときが来るだろう。恩返しができたはずの時間は、わたしたちにはもうないように見える。昔、わたしが佐野さんと一緒にいられた時間は、悔いても、もはや戻ることはない。ベルクソンによれば、時間は一瞬一瞬積み重なって、二度と同じ瞬間は現れない。

わたしが佐野さんと会っていられた時間のうちに、わたしはわたしの虚無を克服できなかった。そのために、わたしは彼女と生きていく自信がもてなかった。彼女に恩返しすることができなかった。しかも、虚無を引きずっていたために、別の人と結婚しても、その結婚相手にすら、恩を返すことができなかった。できないうちに妻は出て行った。どうすればそれができたか、今でも、わたしには分からない。そしてこのまま、何もできずに死ぬことになると思う。

同じように、わたしたち人間を生かし続けてくれた自然に対して、何をすれば恩返しになるか分からず、それどころか恩に気付くこともできずに、時が過ぎていってしまうように思う。

わたしたちは自然の恩を知るべきなのに、それを知る努力すら先延ばしにしている。わたしたちは、結局、自然に恩返しができずに、悔いだけを残して、いずれ滅びていくだけかもしれない。今は、そんな気がする。

わたしは、生きることを野鳥に問われ、生きる喜びを教えてくれた佐野さんとの出会いがあった。それでも、これまで生きてくることができた理由が分からなかった。恩知らずでしかなかった。わたしは、そのせいで、彼女ひとりにすら恩を返せなかった。悔やんでいる。今はせめて、返せなかった恩に気付いて、少しでも深く悔いて、せめて一人、心のうちで感謝したい。

それで、あきらめるしかない。

㈦

大学の三年次に、わたしはベルクソンの生の哲学を知った。

佐野さんは二年次のゼミの経験から、仏語のゼミの単位を取ることはあきらめたようだった。教室に顔を見せなかった。とはいえ、同じ哲学科だったので、哲学科の単位取得必修の他の教室でわたしたちはよく顔を合わせた。そしてごく自然に、互いに話しかけ、何気ない話をする関係が始まっていた。

人生のうちで、どんな出会いがあり、それがその後の人生にどんな結果を生むか、それはだれにも分からない。そのときそのときの状況の中で、過去から続いた関係に背後から押され、同時に、将来に感じた不安に引きずられて、その結果が偶然に生じるだけでしかない。

とはいえ、人生の大半を過ごした今になって、今がこのようにある原因が、あのときのあのことにあったのだろうと、いろいろ想像できる。結果が良かったと思えるなら、その原因に出会えたことは、良かったことに違いない。他方、今一つなら、あのときああしておけば、という後悔が生まれてくる。

しかし、繰り返し後悔するのも、まだ若いうちだけ、人生経験において若輩に過ぎないうちのことだろう。そんな後悔は、しても意味がないことを、わたしは人生の後半に繰り返し叩き込まれた。

佐野さんとの結婚はかなわず、のちに結婚した妻の口から出てきたことばは、いつも「妻自身の希望」に満ちていた。それはわたしの希望に対する不満だった。その希望は、皆と同じような生活をわたしが保障することを前提にしたうえでの相談事だった。

その相談に乗って、家族旅行や娘とのショッピング、人並みのことはしてきた。しかし、その前提にあるのが、わたしの稼ぎだった。結婚してその生活を互いに保障するとなれば、だれが考えても、わたしの仕事の失敗は許されない。仕事に失敗すれば、家族の生活が崩壊する。仕事も生活も、最低限その状態を何とか維持しなければならない。後悔しているゆとりはなかった。人生の後半は、がまんを重ねる日々だった。

妻が出て行って、人生が終わるのかと思ったが、それは考え過ぎだった。わたしの人生は残っていた。そして妻に会う前のことが思い出された。妻に会う前は、まだ後悔することが少なかった。ただ、考えたいことがたくさんあった。野鳥の姿も、哲学の学習も、わたしにとってはそれだけで頭がいっぱいになってしまうほど、たくさんの意味を持っていた。

そこに予想もしなかった恋がとつぜん現れたとき、わたしの心は自分でもコントロールできない状態だったのだと、今は思う。わたしの心は、あまりにもたくさんの為《な》すべきことを前にして、そのとき、そのときで、何をするか、自分では決められず、成り行き任せにしていた。ただ、虚無の霧の中で迷う心は、佐野さんとは結婚できそうにないと、当初から冷たく予想していた。

定年を迎えてからは、もう後悔するのはやめることにした。後悔することに、疲れた。今は、これでよかったのだと思うことにしている。生きていること、生きてきたこと、まだこれからも、しばらくは生きていくらしいこと、どれをとっても、それ以上に特別なことは、本当は何もないのだと思う。これ以上に善いことは、年老いた自分にはないのだと思う。

我が家の小さな庭に出てみる。アリが地面を這っている。あるいは、アリが木や葉にとりついて、忙しく足を動かし、触角を動かして働き回る。そんなとき、ふつうわたしたちは、アリは生きているだけじゃないか、アリの生活には自分にはあったような特別なことはどこにもないだろうと考える。そう考えることで、自分の人生に花を持たせ、満足したがる。しかし、よく考えてみると、わたしの人生にも、生きている、ということ以上の特別なことは、本当は何もなかったのだと今は思う。

自分の人生の中で起きた特別なことを、人はいつも心の中で数え上げたくなる。しかしそれは、いちばん大切な、生きることの本当の意味が、まったく分からないからではないか。それが分からないから、ことさらに、だれの耳にでも意義が分かるように聞こえる個人的業績の数々を、あるいは、プライベートでの特別な経験を、人前であれこれ自慢げに、わたしたちは並べたくなるのだ。

今も、酒場で飲んだくれたおじさん、おばさんが、若者相手に、そんなくだくだしいことを繰り返す。その光景は、心寂《うら》しいものに見える。

わたしたちは、「生きること」自体の価値を見つけることができない。その無能を克服することができない。そのことで、「生きること」自体に底無しの不安がある。その不安に襲われながら、それでも生きる意欲をせめて失わないために、自分のした誉《ほまれ》あることを数え上げていなければならない。わたしたちは白昼夢の中で、塗っても塗っても剝がれ落ちる絵具を使って、ありもしない自分の姿を人通りの多い道の壁に残そうとしている。しかし、本当の人生を描くことができる画布は、そんなところにはない。

わたしたちは生態系の頂点に立っていると言う。そうかもしれない。しかし、生態系の中にいることが意味する「生きている」ことを、アリは、疑うこともなく実践している。それと引き比べて人間は、生態系の頂点にいることをどんなに自慢しようと、本当のところ、わたしたちが拠《よ》って立つ「命の大地」を見失って、わたしたちは零れ落ち、その資格を失っている。それを見失っているために、余計なものを作り出し、それを地上にあふれさせて互いに自慢し合っている。

わたしたちは自分たちが自分たちの「命の大地」を、「命の海」を、そして「命の空」を、壊し続けていることに気付かない。人に自慢できるものを失わないために、それを指摘されてもそっぽを向いて、知らぬふりで過ごす。

そして近年、失った空や、失った海や、失った大地の失地回復を、何とか人間の力で成し遂げようと浅知恵で努力してきた。だが結局、浅知恵は浅知恵だった。当てずっぽうの鉄砲玉は当たらず、戦いに完敗している。その惨めな敗残兵が、そこにも、ここにもいて、あることないこと、嘯《うそぶ》いている。ときには、周囲の人の耳には、わたしたちは昔を懐かしんでいるだけだと言って昔在った自然の姿を「憶《おぼ》えている」ということだけで、いかにも自分たちの優位な点だと言わんばかりに若者に語る毎日を過ごしている。実態を知っている人の目を気にしていながら、平気を取り繕っている。しかし本当は、悲しいかな、天の許しを得ようと、必死で白旗を振り続けている。

人間は、自分がことさらに考え、他人に打ち勝つことだけを努力のしがいと考え、社会的成功を収めてきたことを自慢したいだけなのだ。あるいは、あるとき、どこかで、うまく隠れてやった甘い経験を、人に自慢し、これこそだれにもできなかった人生だと、満足したいだけなのだ。そしてせめてそれがない人に対して優越感を持ちたいと思っている。

しかし、どれも本当はつまらないことだ。それは本人が、いちばんよく分かっている。どんなに自慢しても、一人になれば、空しさだけが残る。空疎な自慢話はどれほど話しても、どれほど他人がそのときは耳を貸してくれていても、その間のことだけだ。皆と別れ、一人になれば、無意味だと分かる。自分がした話を大事に持ち続けてくれる人間など、どこにもいない。世の中、お愛想があるだけだ。

わたしも、後悔があった自分に立ち返らず、夢を語る妻の言うことに従っていればよかったのだろうか。子供の去ったこの家とは、きれいさっぱりおさらばして、小さなマンションにでも引っ越し、いくらかの余りで社会引退記念の旅を、妻と楽しんでいればよかったのだろうか。そうやって妻に気に入ってもらっていれば、今でも、妻と同じ気分で暮らしていられたのだろうか。たしかに、そうかもしれない。最後は、老いた自分を妻が看取《みと》ってくれるだろうと、期待できたかもしれない。

しかし、振り返ってみると、こうなったのも必然なのだろう。若干の寂しさはあっても、自分はやはりこのほうが満足できるのだと思う。家の小さな庭には妻が植えた花が寂しく萎《しお》れたまま、一叢《ひとむら》、放置されている。今は外国暮らしの娘がいつか植えた小さな椿《つばき》が、毛虫にやられても、なんとか生き残って、かじられた葉を寒風にさらしている。暖かくなったら、今度はわたしが世話してやらねばと思う。昨年の夏は、結局、雑草が茂り放題だった。しかし、今年は春から草むしりをするつもりだ。これからは、わたしのあとを看てくれそうなものは、この家と、この庭しかないのだから。

㈧

大学時代、生物の進化を取り上げて卒論を書き、大学院に進んで、修士論文も、その延長で書いた。そのときだったか、大地に生きるバクテリアのことを書いた本を読んで、わたしは思わず天を仰いだ。

土の中に見つかるバクテリアのうちには栄養のある液につけると短時間に増殖するバクテリアもいれば、栄養分が不足した状態で増殖するバクテリアもいる。しかしどちらの条件下でも、なかなか増殖しないバクテリアもいて、全体の99パーセントはそういうバクテリアなのだそうだ。そのために、99パーセントは、どうして増殖するのか、人間が研究して明らかにしようにも、まったく分析の手立てがないという。つまり科学者の手でも、何をして生きているのか、まったく分からないバクテリアが、地球上のバクテリアのほとんどだ、というのだ。

いったい、どういうことなのかと、そのとき思った。バクテリアと言えば最初に地上に現れた生物だ。それが生態系の土台を作っていることは科学の常識に属する。そしてわたしたちが生態系の頂点にいることも世の中の常識だ。ところが、99パーセントのバクテリアは、一つのまま、なかなか二つにならない。著者によれば、おそらく、一年くらい待たないと、二つ、そして四つに増えていかないのではないかという。一刻を争うせっかちな人間が行う科学研究には、バクテリアの増殖を一年も二年も待つゆとりはない。経済的に引き合わない。さっさと仕事をしてくれるものでなければ、お金のために毎年何本も論文を書かなければならない研究者には、何の役にも立たない。

だから人間にとって、バクテリアの世界は、ごく一部に光が当たるだけらしい。生態系の土台が闇に覆われているのだ。簡単に言えば、どうして生態系が存在してわたしたちがその頂点にいられるのか、だれも説明できない。とにかく人間は短時間で成果を上げなければ生き残れない社会で生きているから、生物の研究でも短時間で結果を出す研究しかできない。そしてそれから外れたものは、わたしたちの社会では、存在しないことになっている。

本当は、生きることとは、短時間で成果を競うところにはなく、じっくりと、空や大地や海と、向かい合って生きることにあるのではないか。次々と変わっていくものにばかり目が行くが、本当は、十年一日、同じことの繰り返しに見えるものこそ、充実した生き方をしている生き物なのではないか。

生命の働きは、複雑な化学反応だ。化学反応は瞬時だ。しかも、酸化還元反応を見れば分かるが、そこにあるのは、化学記号で書かれた等式に過ぎない。反応の違いは、右に向かうか左に向かうかの違いしかない。それ自体では行ったり来たり、同じことの繰り返しなのだ。ところが、不思議なことにその反応ループを幾重にも重ねて、植物は太陽の光から、エネルギーを器用に取り出し、それを貯蔵して、必要なときにそれを使って、一瞬のうちに代謝を繰り返して生きている。

光合成の働きは光エネルギーを熱にして放散しない。エントロピーの増大が極端に抑えられている。つまり地球上の生命がしているエネルギーの変換効率は、とても高いために、無駄な熱量の放散がひどく少ない。「熱くなって」走り回ることが、「生きる」ことではないのだ。人間だけが、無駄に熱くなって騒いでいる。騒いでいないと、生きている気がしない。静かに、だれの目にもとまらない生活は、見向きもされない。しかし、そのほうが、本当に生きることだ。ほかの生き物たちはそれを知っているから、目立たない、陳腐に見える生き方をいつまでも続けている。

そうやって生きている動物たち、植物たちの「幸福」が、わたしたちには「分からない」。無駄に熱くならず、特別なことを求めず、今日も明日も、大昔から繰り返されてきた一日を過ごすことに、わたしたち人間だけが、幸福を見つけることができない。ほかの動物が当たり前に生きている事実があっても、人間は、それでは自分たちの誇りが傷つくと思い、到底納得できない。

人間は、何十兆もの細胞の全体がまるで一個体であるかのように生きている。体の中でそれぞれの機能を担っている組織は、ほかの生き物たちと同様に、与えられた命を、疑問も持たずに生きている。

ところが、その上に乗っている脳は、他人の目に自分が「何者か」と映ることが、絶対に必要だと思っている。そう思って、生きるだけで満足している自分の体に、無理を強いている。そしてこの状態にあって、何が問題で自分が幸福でないのか、まったく分からない。充実した幸福がどこに隠れているのか、分からない。分からないでいるままに、わたしの体は生きている。それを土台にして、わたしの脳も働き、考えている。どれをとっても不思議なことだと思う。

この不思議の上に、わたしたちは毎日生きている。佐野さんに出会ったのは、わたしがその不思議を知るためだったのかもしれない。まだ幼い精神しか持ち合わせなかったわたしは、それに気付くことができなかった。それが分からなかったために、彼女のほうに歩み出す勇気が出なかった。

この不思議を前にして、胸の奥底に喜びがあるのなら、それに従って飛び込んでゆくべきだと、知らなかった。当時のわたしはその不思議の前で、訳も分からず自分の未来につながる道は胸の奥底の喜びが指し示す愛の道ではなく、脳の中の知識を懸命になって整理整頓する理性の道以外にはないと、思い込んでいた。そういう考えに、確たる理由もなく、しがみついていた。

たしかに「虚無」の霧は佐野さんとの出会いの「前に」わたしを襲って、わたしの心を占めていた。その霧が、あとから来た「愛」などという「素性の知れないもの」に関わるな、虚無の解決が「先だ」と、将来に向かうわたしの道に「先約在り」という札を貼り付け、厳重にわたしの頭に金網をかぶせていた。わたしは自分の頭にかぶせられたその網には、「先約」の鍵がかかっているに違いないと思い込んでいた。そしてきまじめに「先約」は守らなければいけないと思っていた。

しかし、鍵をかけていたのは自分自身だったのかもしれない。愛の不思議を前にしていながら、わたしはそこに飛び込む勇気がなかった。自分の頭にかぶせた金網にわたしはしがみついて、その手を離すことができなかった。若かったわたしは、知らなかったのだ。わたしの理解を超えた愛のほうが虚無のせいで弱っていたわたしの理性より、はるかに鋭く、虚無の霧を晴らして、わたしに生きる道を教えてくれる力だとは……。

そして虚無が、のちにわたしが佐野さんとの愛を失う運命をつくったとしても、愛は、わたしを恨まなかった。わたしが先年別れた妻とはじめて親しくことばを交わした思い出の場所で、佐野さんが幸せな生活を送っていることをわたしはのちに知ることになった。おそらくそのことがあって、わたしは妻と結婚することができた。愛はそういう運命をつくってくれた。

わたしは、どうしているだろうと心に掛かっていた佐野さんが、子供を三人も育てていることを聞いて、どんなに嬉しかったことか。どんなにほっとしたことか。そしてそのことがあって、わたしは別の女性と結婚に向かう道を、ごく自然に歩むことができた。

たとえ、その人とは、昨今、別れることになったのだとしても、ひと時の間、子供を一人育て上げることができた夫婦ではあった。わたしたち夫婦の仕事は、ひとまず終えたのだ。これも佐野さんと出会ったことからわたしが知った愛が、不思議に、わたしの知らないところで、わたしに与えてくれた愛の運命なのだと、今は思う。

㈨

大学三年次の間、わたしはよく佐野さんに大学の構内で出会って、ときどき喫茶店に入って話をした。どんな話をしたかは、もう忘れている。ただ一度、二人で一つのテーブルを前に向き合っていたとき、「やあ」と言って、男子学生が一人、ふいに割り込んできたことがあった。わたしはしばらくだれか分からなかったが、佐野さんのほうは分かっているらしかった。佐野さんとは同じカメラクラブの学生のようだった。

男二人になって、佐野さんは口を開かなくなった。しかし、割り込んできた男は、彼女が留学生と知っていて、佐野さんが口を利かずにいることを、まったく気に留めなかった。彼は、わざと人が耳にすることの少ないことばを使い、わたしに、「彼女には分からない」と耳打ちして、男二人だけの話題を楽しもうとさえしていた。

わたしはそんな状態の中で、一年のときに同じクラスだったのかもしれない、と彼の顔を盗み見ながら不確かな記憶を探った。しかし、八十人くらいいた教室の中で、わたしには彼についての確かな記憶がなかった。とはいえ、今さら聞けないと思い、そのまま彼の繰り出す話題に乗った。

彼は数人の友人と一緒に夏休みに東北旅行に行ったという。温泉に入ると混浴になっていた。一緒に行った男は皆、混浴は初めてだった。これはと、皆で夢を膨らませ、若い女の子が入ってくるのを湯舟で待っていたら、女子高生が集団でワッと入ってきて、彼女たちがいなくなるまで湯船から出られなくなったという。お笑い種《ぐさ》の失敗談だった。

黙って聞いていた佐野さんは恥ずかしそうにしていたが、わたしは彼の話を聞いて、自分がそこにいても同じことになっていただろうと想像できて、一緒に笑った。

女性の裸身を見たいという若い男の欲望も、それが秘密めいた楽しみになるのは相手が一人で、自分たちより明らかに弱い立場にいるときだけで、元気で自信を持った何十人もが相手となれば、一挙にしぼんでしまう。そういう場では、一瞬でも自分たちの視線を怪しまれたら最後だ。一人でも女性側がそれを発見したら、あっという間に彼女の掛け声一つで、男の罪は女全員の告発対象になり、少数の男など、一生の笑いものにされ、血祭りにあげられる。

古代ギリシアの言い伝えによれば、葡萄酒《ぶどうしゅ》の神ディオニュソスの祭りは、男禁断の女の祭りだった。女たちは大挙して町の外にあふれ出て、山間《やまあい》の地で葡萄酒をしこたま飲むと、女たちは狂乱し、まぎれこんだ男は女たちの手で八つ裂きにされたという。

男二人に囲まれたそのときの佐野さんのしおらしさも、何が隠されているか分からないしおらしさであり、男にはたまらなくかわいく見える姿態だった。さかんに話す男の目を盗むように、ほんの一瞬、それでも、一度で終わらず、二度三度、わたしはそんな彼女の姿を見た。胸を衝かれる思いがした。男の話から守るように、しっかりと彼女を抱きしめてあげたかった。しかしわたしはそんな自分の思いを彼に悟られないように、男友達の話に乗って笑っていた。

わたしは何もできない自分が、佐野さんに嫌われたのではないかと心配になった。しかしその後佐野さんの態度はまったく変わらなかった。たぶん彼女も、若い男は艶っぽい話をしたがるものだと、あきらめていたのだろう。男どもの幼稚な猥談《わいだん》を、わたしと彼女との、まじめな友人同士、あるいは、恋人同士の関係から切り離して、佐野さんは大人になって受け止めていた。

いつもの喫茶店で、三人で話したそのときのことで覚えていることは、そこまでだった。あとはわたしたち二人を相手にした彼の楽しそうな目と、その横で恥ずかしそうに目を伏せがちにしていた佐野さんの姿だけだ。わたしはそれを一緒に記憶している。しかし、それだけだ。それ以外のことは記憶にない。

しかしそのとき以外は、特に邪魔も入らず、わたしは彼女と二人だけで、よく話をした。彼女からバレンタインの記念の日に、大学のロビーの片隅でチョコレートを一つもらったことがある。あるいは、カメラクラブが入部を勧めるテーブルを出して学生の来るのを待っているとき、一緒にいた部員に気付かれないように、彼女がそっと、わたしにうるんだ瞳を見せてくれたこともある。わたしのほうも、自分の日記に書いた詩を書き写して、その紙片を彼女に渡したことがある。あとで字の間違いに気付いたけれど、それはあとの祭りになった。

佐野さんと一緒にいるとき、わたしの胸のうちには山の中で野鳥に出会ったときのような解放された大気があった。そして甘い香りが快く胸を詰まらせていた。そんなときのわたしは、胸より下は、腹具合も含め、わたしの意識から遠ざかっていた。すべてが満足で、虚無の影もなかった。

家で一人、理性を働かせて本を読み、勉強しているときは、何もかも分からない苛々した思いが心を占め、わたしは虚無が吐き出す霧に覆われていた。そしてそんなときであれ、ふと気づくと、胸の奥に佐野さんが生きていた。わたしの横に立っていてくれる彼女の立ち姿が、変わらずに自分の胸の奥底に見えた。消そうとしても消えなかった。胸の奥底に、何気ない彼女の姿が立っていた。わたしの周囲を取り巻く空気のように、彼女がいた。

わたしは自分が自分でなくなるような不安が理性の中を通り過ぎていくのを感じたが、

胸の奥の彼女の姿は、黙ったまま、まったく動揺しなかった。それはいつも、かすかな微笑みを浮かべている彼女の立ち姿だった。

6の(一)

三年次の後期になると、卒業後の就職探しに周りが動き始めた。わたしはどうしても気乗りがしなかった。大学院に進んで勉強を続けたいと思った。

父親に言うと、妹の進学があるからそこまでは面倒を見られないと言われた。しかし、折よく友人から塾の講師と家庭教師を紹介してもらうことができた。がんばれば、何とかなりそうだった。

佐野さんも、卒業したらほかの大学の学部に移って、もう少し勉強すると言った。その頃は、彼女はお姉さんの住むアパートに住んでいたので、これまでのように帰宅の電車まで一緒にいることはできなくなっていた。途中で別れ、彼女は地下鉄の駅に向かった。わたしは駅に急ぐ彼女の後ろ姿を見つめながら、そのたびに、彼女との別れが近いような気がして寂しくなっていた。

それでも三年次が終わるまでは、週に一度は彼女と一緒に校門を出た。しかし、塾の講師と大学院に進むための受験勉強を懸命にこなした四年次の夏休みのあと、秋学期が始まって間もない頃、いつものように校門を出たとき、彼女の口が重たくなっているのに気付いた。わたしはどうしたのだろうと思いながら、黙って並んで歩いた。

いつもの分かれ道に近づいたとき、彼女は急にそわそわし始め、
「きょうは、姉のアパートに人が来るので、急いで帰らなければならないの」と言い始めた。夏休みに山の中で会って、帰りの電車の中で話し込んだ人がいて、その人が訪ねてくるというのだ。彼女は遠慮がちな笑みを浮かべてそう言うと、「きょうはごめんなさい」と言い残して、地下鉄の駅に向かって駆け出した。

話の中身から、その人が積極的に行動する実直で気持ちのいい男性であることは、勘の鈍いわたしにもはっきりと分かった。わたしは、彼女が駅に入っていくまで、しばらくその後ろ姿を見つめて立っていた。

それはつらい別れの予告だった。胸がつぶれていく感傷が、彼女との別れを予告するように、そのときわたしの胸の内にあった。初めから別れが来ることを、わたしは予期していた。それなのに、いざそれが訪れようとしたとき、わたしには何の準備もできていなかった。胸に迫る辛さに耐えるしかなかった。予期していても、予期していなくても、悲しいことに、結果は同じだった。

それにしても予期していたことが無駄になるのはなぜかと思う。自分が予期していたのなら、自分がそれに耐えられるように、あらかじめ何か準備できることはなかったのか。わたしにはどうすればいいか、まったく分からなかった。

今もまた、古稀を迎えていながら、次に迎える死の準備ができていない。死となれば、

この世のすべてと別れることになる。たしかに、娘が希望に目を輝かせて外国へ旅立っていったとき、娘との別れがあった。そして次に妻との別れがあったとき、たぶんわたしにとってはそれがこの世で最後となる人との別れだった。とはいえ、お互い生きていれば、また会えるかもしれない。それは一抹の希望を残した別れに過ぎない。すべての希望が絶たれる別れではない。

娘と妻との別れは、わたしたちがどこかで生き続けていることで、乗り越えられている別れだった。生き続けることで、会えるかもしれないという一抹の希望が生き続ける。昨日と変わらぬ時間が、今日も心の隙間を埋めていってくれている。今も、思い出をたどってわたしはその隙間を埋めている。自分でも意地らしい姿だと思う。

定年前ならこの寂しい虚《むな》しさを、わたしは会社の仕事で埋め合わせしただろう。会社で仕事をしているときは、周りに笑顔があり、自分の仕事を褒めてくれる人がいた。会社全体が仕事の意義を認めてくれていた。日々の労苦が、周りの笑顔で充実する実感があった。たしかに空しくなった生活の埋め合わせには、仕事をするのがいちばんだった。わたしも、娘との別れのときには、仕事にいそしむことで寂しさを紛らわしていた。

しかし、妻と別れ、独居老人となり、仕事もない日々では、いつまでも時間に任せて充実感がどこからか現れるのを待っていることはできない。古稀なのだ。死も間近だ。時間も、ふんだんにあるわけではない。わたし自身が動かなければ、生きている充実感がどこからかわたしの心へやって来てくれるとは、とても期待できない。

何をしたらいいか、その方策を考えると、ほかの人がやっているように、だれかのために無給で働くのもいいかもしれない。それはそれで人が褒めてくれるかもしれない。ボランティアには社会的意義が大いにあると、マスコミもこぞって取り上げている。しかし、会社人間でしかなかったわたしには、ボランティアで何をしたらいいか見当がつかない。何ができるかも分からない。どこにそのきっかけがあるかも、わたしには分からない。その原点の動きが、今のわたしにはない。

昔からそうだったような気がする。何かないかと探す気になって、出て行って、人のいるところを覗いてみる、そういう初動の意欲が、わたしには欠けている。ことに一人でいると、どうしてもその勇気が湧いてこない。若いときはそれでも何かに急《せ》き立てられて動いたものだ。しかし今は、わたしを急き立てるものは、静かに過ぎていく時間だけだ。時間はことのほか厳しい。わたしに声をかけてくれることは絶対にない。

この状態では思い出だけが頼りになる。昔を思い出すだけなら一人でできる。何を思い出そうと、他人にどうこう言われる心配もない。心配なのは、思い出したところでそこには何もないかもしれないということだ。自分が生きてきた意義は、どこかにあったのか。本当はどこにもないのかもしれない。がっかりするだけかもしれない。後悔だけが残るかもしれない。そういう結論が出ても、果たしていいのか。わたしは自分に問うてみる。

(二)

今思えば、あのとき、本物の恋があった。そのときも、将来の道が閉じていると予期していながら、何もできず、結果を受け止めることしかできなかった。また同じことかもしれない。しかも今度は、この歳だ、そのうち癌《がん》が見つかって、医者から死の宣告があるかもしれない。それでなくても遠からず死ぬことは分かっている。また同じように、予期していながら、何もできずに終わるのだろうか。そして今度は、間違いなく本当に終わる。最期にあるのは後悔の時間だけになるのか。それとも、それを乗り越えることができる何かが見つかるのか。

分からない。それでも今思い出をたどることが、わたしの人生のうちでは最後の、そして最大の仕事、最高の功績になることは間違いない。ほかに何もできないのだから、それは最高でしかない。つまりわたしにできる唯一のことだから、それは最悪でもあるかもしれないが、最高でもある。それによって何かが見つかれば、最高だ。見つからなければ、最悪である。最悪でも、自業自得だとあきらめられるだろう。自分だけが、だれの許可もなしにすることなのだから。だれもそれを認めてくれなくても、かまうことではない。

ほかの人から見ればちっぽけな、取るに足りないことが見つかるだけであったとしても、この仕事はわたし自身にとっては、わたし自身のために、最後の、最大の、自分だけに責任のある仕事なのだ。そう思えばやるしかない。そして、希望が持てるのは、あのとき、「生まれてきてよかった」と、わたしはたしかに思ったからだ。佐野さんの姿が、彼女の生きる姿が、わたしにそう思わせてくれた。たしかに、自分の力でそう思えたのではなかった。彼女がいなければ、わたしは一生、あんな思いを経験することはなかった。

彼女と別れ、彼女のいない世界で生きてきて、また再び、わたしは、生きてきてよかったと、今度はわたし独りで思えるだろうか。「いのち」に対して、責任をもって、その限りない意味を、しっかりと、この「いのち」であるわたしが、見極めることができるだろうか。生きてきて、今度は自分だけで、自分の「いのち」を確かめることができるだろうか。

それがなければ、生きてきてよかったと、満足して死ねないだろう。最期に当たって、生まれてきてよかったと、自分の「いのち」に向かって、自信をもって言えるだろうか。あのときは言えたけれど、最期にも言えるだろうか。独り、死の床で、生きてきたことに、感謝の気持ちで胸をいっぱいにすることができるだろうか。そしてそれがなければ、佐野さんに対して、申し訳が立たないように思う。

この仕事と比べたらほかの人に褒められたい思いでやっていた会社の仕事など、取るに足りないことだろう。人に褒められると言っても、仲間内だけの褒めことばに過ぎない。

わたしの目に入らなかった人のうちには、わたしのした仕事のために迷惑していた人がいたかもしれない。少なくとも、人間以外の「いのち」にとって、わたしの仕事は、迷惑なだけだったに違いない。

だれからも褒められなくてもいい。だれからも感謝されなくてもいい。わたしは、もう独りだ。死を前にしたとき、生まれてきてよかった、ありがたかったと、言える相手は、自分しかいない。自分に与えられたこの「いのち」しかない。

考えてみると、あのとき、「生まれてきてよかった」と、わたしに語りかけてきたものは、だれでもない、わたし自身の「いのち」だったのだと思う。ほかにはだれもいなかったのだから、そう考える以外にない。いたとすれば、神しかない。しかし、神がわたしのところに来たと考えるのは、わたしには、どうにも忍びない。

まだ若かったあの頃、わたしにとって父や母は、ただの「うるさい目」でしかなかった。二人の目が、悪いことを考えてしまうわたしをしっかり見抜いて、わたしをしっかり監視しているように見えた。愛情を持った二人の体と二人の心が、わたしには見えなくなっていた。両親の「監視の目」は、わたし自身が作り出している像だった。自分の性愛の欲求に内心、罪悪感を覚えていた自分が、勝手に父と母の存在を、邪魔なものだと見ていた。

あのとき、わたしの目の前に現れた佐野さんは、彼女の純真で素直な生き方で、わたしのひねくれていた心を正して、わたしの家族の代わりに、とても大切なことを教えてくれたと、今は思う。

彼女の「いのち」と、わたしの「いのち」を産み育ててくれた「いのち」が、一緒になって声を上げ、わたしに、わたしの「いのち」にも意味があることを、教えてくれたのだと思う。そのことを、今、わたしは確かめなければならない。自分の半生を振り返って、できる限り、そうであったことを、確かめなければならない。それができるのはわたしだけだ。このわたしこそ、わたしの両親がわたしを生み出してくれたことに、感謝して、恩返しをしなければならない。佐野さんに会えたのも、会ったことで「あのことば」を聞くことができたのも、両親がわたしを産み育ててくれたおかげなのだ。

佐野さんは、もうわたしの前にはいない。死んだ両親は、言うまでもない。感謝のことばを実際に伝えることはできない。それでも、これはやり残してはならない仕事だ。わたしだけにしかできない仕事なのだ。

たしかにそうだと、今は言える。

だが、つらかったことを思い出すのは、やはりつらい。

7の(一)

　わたしが大学四年の十二月末の頃、深夜に酔って帰宅した父が、玄関で倒れた。父の様子を見た母は救急車を呼ぶことにしたが、そのときになって起き出した父は、「大丈夫だ、大丈夫だ、少し飲み過ぎただけだ、一晩寝れば治る」と言って、母が用意した寝床に着替えもせずにもぐりこんでしまった。体の大きな父はだれにも動かせなかった。わたしたちはあきれてそのままにするほかなかった。

　その後の宴会は断っていたようだったが、正月のおせちにも、父の箸はなかなか伸びなかった。

　正月の休み明け、父は病院に行った。検査に数日かかったと思う。その結果、肝臓に重い病気が見つかった。わたしは母と一緒に医者の診断を聞いた。数ヶ月しかもたないと言われた。

　母は、病院の受付で支払いを済ませると、わたしが座って待っていた長椅子に来て、隣に座った。

「お母さんは三月になったらパートを見つけて出るつもりよ。あなたも協力してね」

と、母は前を向いたまま言った。

わたしは自分にどんな協力ができるのだろうと、とっさには分からなかった。

「協力って？」

と、わたしは母に聞いていた。

母は、わたしの思いやりのない質問にも、怒らなかった。

「ふみが家に帰ったとき、家にいてあげてほしいの」

母は、妹の心配をしていた。

わたしは自分に求められていることが意外に難しいことではなかったことで、安心した。

塾のアルバイトをしていても、昼間の講師を終えれば夕刻には帰宅できるし、家庭教師も、妹が帰宅してから出かければ間に合う時間だった。

それにしても大学院はあきらめなければならないかもしれないと思った。今から就職先を探しても無いだろうから、せめて今のアルバイトを続けるしかないかもしれないと考えた。

しかし母は、せっかく合格した大学院は行きなさい、と言った。わたしは思わず、いいのかと訊いた。母は、大丈夫よ、と決意をもった顔を見せた。わたしは本当だろうかと思いながら、やはりほっとしていた。不安はあったが、勉強に関しては希望がかなうのだと思った。

問題は、佐野さんにいつまで会えるか、ということだった。正月休みが明けて、試験期間が始まるまでは、そして同じ授業の試験の日までは、会えるだろうと思った。しかし、そのあとは分からない。

別れを予期しながら、それでも、なぜそのことが気になって仕方がないのか、自分でも説明がつかなかった。彼女に自分より結婚にふさわしい人が現れたことは、わたしには分かっていた。彼のほうが彼女の結婚相手としてずっと頼もしいに決まっている。わたしが譲ることが、彼女の幸せを思う自分の愛だと自賛したい思いが、どこかにあった。

しかしそれは、自分のふがいなさを隠そうとする醜い姿だった。そしてまた、佐野さんとの結婚をあきらめることについて、父が余命数ヶ月の宣告を受けたことで、絶好の言い訳ができそうだと思う、情けない自分がいた。

とはいえ、いざ佐野さんの顔を見ると、わたしは父のことを話す気にならなかった。秘密にしておきたいと思った。話せば心配してくれるだろうが、そういう姿を見ることは、わたしの心の中にある醜い意地悪さがむしろ目につきそうで、つらいことだと思えた。好きな人に心配してもらえることは、とろけるような快楽であることは、想像できた。しかし、さすがにそれをするのは気が引けた。

（二）

父はいっとき退院できたが、出社すると、会社には迷惑はかけられないと言って退職願を出してきた。疲れやすく体力が戻らないから、しばらくは仕事は無理だと本人も分かっていたらしい。退職金はもらえるのかと訊いたら、今の会社に移って五年くらいしかたたないから、もらえても申し訳程度だろうと、父は言った。母は横で頷いていた。

父は治療を受けていったんは動けるようになっていたので、本人は数ヶ月休めばまた働けるようになると思っている様子だった。そんな父を見て本当のことは言えなかった。たとえ正直に言えたとしても、健康で過ごしてきた父は落ち込むだけで、本人のためにはならないだろうと、母とは意見が一致していた。

わたしは一見元気そうに見える父を見ながら、病が内側で体を蝕《むしば》んでいることが分からずに日常を過ごすことの非情さを思った。短い散歩でも疲れ切ってしまう父は、自分が健康だとは思っていなかっただろうが、少なくとも、いつか治って元気になる希望は持っていたのだと思う。

わたしの体はまだ若かったし、病にも侵されていなかったが、絶対ということはない。父を見ていて、もしかしたら気付かぬところでわたしの体もどこかに癌ができて、一歩一歩着実に死んでいこうとしているのかもしれない、そんなことを考えて怖くなった。

一方で健康を少しでも早く取り戻そうとしている父を見て、医者の診断を聞いていたわたしはそれをどう受け止めればいいのか迷っていた。数ヶ月後の死を悲しみ始めていたほうがいいのか。それとも、今生きている父を、これまでにない特別な思いで受け止めるべきなのか。あるいは、これまで通り、以前と少しも変わらない父と思って接していればいいのか。わたしは迷いながら、父も本当は自分の体の状態を知っていて、わたしたちを心配させないために、知らないふりをしているだけではないかと、疑うこともあった。

「死を思い起こせ」という箴言《しんげん》がある。ペストが猛威をふるったヨーロッパで生まれたことばだ。このことばを憶えて口にすることはだれにでもできる。しかし、ではこの箴言の戒めを身に付けて生きるには、どうすればいいのか。さしずめ中世のヨーロッパなら、修道院に入って祈りの生活を送れということなのだろうか。日本なら寺に入れということか。しかし、時代が違う。そのうえ、そうすれば本人も、ほかのだれも、死を前にして心配のない生活を送ることになるのだろうか。修道院に入って神に祈ることで、あるいは、寺に入って厳しい修行を繰り返すことで、自分の死を忘れることができるとしても、それは、ちょうど仕事で日々を忙しく過ごすことで当面の心配をうまく忘れることができることと、同じことではないのだろうか。「死を思い起こせ」と言われて、「死を忘れる」算段をする人間は、箴言を箴言として受け止めずに、箴言から逃げているだけではないのか。

小学生のときに祖父と祖母が相次いで亡くなった。子供だったからか、葬儀の慌ただしさしか印象に残っていない。二人がいなくなって急に家の中が寂しくなったが、父が小さめの家にすぐに住み替えたので、そのときの寂しさも、記憶の隅に残るだけだ。ほとんど忘れている。

㈢

ひと月もしないうちに父は再入院した。母は毎日病院に通った。わたしは昼間、浪人生向けの塾の講師をして、夕方に帰った。そして母に頼まれた買い物を済ませ、妹の帰りを待った。高校生の家庭教師があるときは自分の分だけ食事を先に済ませ、妹が帰る頃に家を出た。母の帰りが遅くなりそうなときは妹の夕食も一緒に作り置いた。しかし妹は運動部の部活で放課後ぎりぎりの時間まで学校で過ごしてから帰るようになり、たいていはその前に帰宅した母が妹の夕食を作った。

昔は母とのこんな連携は考えられなかった。母の前ではわたしは子供のまま、きつく言われなければ動かなかった。あるいは、反抗期のあとは、言われると怒りが先に立って、言われたように動くことができず、よくよく考え抜いて、自分でも納得できて、初めて動く、という始末だった。

ところが、このときは違った。父の危篤、家族の危機という緊張感の前に立つと、ほかのことは忘れて意外に一致協力して買い物も食事作りもてきぱきとできるものだと、我ながら感心した。スーパーで買いたいものが目に入ったときでも、一瞬立ち止まって考えるが、みんな我慢しているのだと考えて、何事もなかったように通り過ぎることができた。

ある日、母からどうしても用事ができて夜遅くなるからと、帰宅したわたしに電話があった。わたしは時間を惜しんで読まなければならない本がたくさんあった。それでも妹が腹を空かせて帰ってくることに変わりはなかった。わたしは妹の分と、母の分をあわせて夕食をつくり、妹が帰宅するのを待たずに先に食事を済ませ、部屋に戻って辞書を引いた。玄関に声がして、妹が帰って来たのを知ると、食事は用意してあるからと声をかけて、わたしはそのまま読書を続けた。

英語で書かれたものを読むことが多かった。日本語でも難読のものは同じだが、特に英語の字面は平板に見えてしまう。論文執筆のために必要になりそうなところがあれば、忘れずに出典箇所と内容をメモしておかなければならない。その見極めが難しかった。じっくり考えてみようとしても、なかなか分からなかった。いきおいメモが増えて、その整理も難題だった。

指導教授から本の後ろにつけてある索引が参考になるとは教えられていた。要点になる語句が本文から選ばれているからだ。とはいえ、分類は分類に過ぎない。解決ではない。

分類は整理を意味しているに過ぎない。ちょうど部屋が片付くと、「これでいい」と人は満足しがちなように、問題を分類できると、それで「終わった」と満足しがちだ。しかし、病気が何か分類できても、それは治療が終わったことを意味しない。病名をつけて満足してしまう医者がいたら、それは本物の医者ではないだろう。同じく、分類は解決策を見つけやすくするための準備に過ぎない。大学院に進もうとしていたわたしは、解決策を見つけ出すために現に労苦している人たちのあとを追っていた。彼らの競争のスタート地点にたどり着こうと、その手前の迷路の中にいた。

海岸に並べられたテトラポッドに怒濤《どとう》が次々と打ち当たるように、解決しなければならない謎は、わたしが見つけた山のような分類項目を壊そうとするように、激しく打ち寄せていた。

現に生きている生物たちが「どのようにして生きているのか」、「どのようにして進化してきたのか」。それは専門家によって解明された生化学式を見ていても、意味が分からない謎だった。併せて、「わたしが生きている」のはどのようにしてか。それはほかの生き物たちのものと変わらないに違いない。

それにしても、わたしの思考を含んで繰り広げられている「命の働き」は、いったい何なのか。さらに併せて、佐野さんとの出会いのとき、「生まれてきてくれて、これまで元気に生きてきてくれて、ありがとう」という思いが、わたしの胸に現れたのはどうしてなのか。さらに、人間が破壊し続ける自然の中で、それでも懸命に生き続ける野鳥たちの輝く目は、何を語っているのか。そういう数々の謎が、押し寄せては何も生み出さずに消えていく。それは海浜に打ち寄せる波が、次には海に戻っていくように見えた。波が引いた跡を捜しても波が置いて行ってくれるプレゼントは、毎回、何も見つからなかった。それに気付くとき、わたしはそのたびごとに、青ざめていた。

しかしそれでも、わたしは答えを知りたかった。

(四)

ふいに部屋の戸が開いて妹が入ってきた。別世界に浸り込んでいたわたしは、後ろに聞こえた音に驚いて振り向いた。思いつめたような妹の顔があった。

「お兄ちゃん、本当は、お父さん、どうなの?」

と、妹は言った。わたしはまだ幼さが残る妹に、どう言えばいいか分からなかった。

「お母さんのほうがよく知っているはずだからお母さんに聞いたら」と、わたしはそこにいない母に投げた。「今日だって病院に行っているんだから」と、わたしは続けて言った。

妹は、「お母さんは教えてくれないから」と、わたしを凝視した。わたしはノックもしないでいきなり入ってくるなと言いたかったが、思いつめた妹の目を見て何も言えなくなった。妹は、それでももう高校生だ。手足が伸びた妹は大人の女性に近づいていた。

妹の真剣な目に合って、一瞬沈黙したわたしは、覚悟するしかなかった。医者から聞いたことを話した。妹は、「そうなんだ」と、ひとこと言うと、黙り込んだ。わたしは彼女の表情をうかがった。彼女がわたしのことばをどう受け止めたか、心配だった。

しばらくして妹が訊いた。

「あたしたち、どうなるの？　お兄ちゃんは、学校行くの、やめるの？」

わたしは、あわてて否定した。

「心配しなくていいよ。俺は大学卒業して四月から大学院に進むし、ふみちゃんも、高校卒業したら大学に通うのさ。みんなと同じだよ。何も変わらない。お母さんもそのつもりだよ。勉強で分からないことがあったら俺が教えてやるからさ、安心しな」

妹はわたしのことばを丸ごと信じていいものかどうか、測りかねている様子だった。

しばらく考えて、納得したのか、視線を落とすと、

「そうなんだ」とまた言って、わたしの部屋から出て行った。

妹が部屋を出ていくのを見送ったあと、わたしは研究に戻ろうとしたが、妹のことが心配になり、なかなか研究に戻れなかった。わたしは立ち上がって、妹がわたしが作った夕食を食べたかどうか確かめに、階下のキッチンへ行った。

食事はきれいに食べて、食器も洗ってあった。なかなか偉いなと思い、妹の部屋をノッ

クしてみた。返事がなかった。戸をそっと開けて中を覗くと、勉強机に向かっていた妹が、振り向いて「何?」と訊いた。涙目だった。

「大丈夫か?」と訊くと、

「大丈夫よ、心配しなくていいから。あたしもお兄ちゃんの勉強の邪魔はしないよ」

と言った。不安と闘っているのが分かった。

「そうか、俺が作ったカレーは食べたんだな」

と言うと、いきなり顔に明るいものが射した。

「え、お母さんが作ったんじゃないんだ、びっくりした、おいしかったよ、ごちそうさま」

と言って、妹は笑顔を見せた。わたしはそれを見て、ほっとした。

「俺だってあれくらいは作れるさ。腕を上げただろう」と、自慢して見せた。

すると妹は、顔をさらに輝かせた。そして思いがけない質問をしてきた。

「お兄ちゃんには好きな人、いるの?」

妹の質問に不意を衝かれて、わたしは一瞬、戸惑った。

わたしの胸の中には、相変わらず佐野さんが棲《す》んでいた。もはや好きかどうかと尋ねる相手ではなかった。その意味では、妹の質問はわたしの心には直球では当たらず、わたしは妹の不意の質問にも、顔を赤らめなかった。ただ、どう答えれば自分の気持ちに嘘をつくことなく答えられるのか、分からなかった。

大人びてきた妹は、わたしにとって、第二の佐野さんだったような気がする。父の危篤でこれから家族がどうなるか分からなかったが、妹とは、まだずっと家族として一緒に暮らすことは疑いなかった。佐野さんは、不思議なくらい性愛の対象に思えなかった。ただ心の中で抱きしめたくなる思いだけが募った。そういう相手だった。妹も、そんな相手だった。

佐野さんとは、別れる予感がしていたが、妹との別れは考えられない。妹とは、これからも一緒に暮らしていくに違いない。それは確かだった。妹との間に心の隙間を作りたくなかった。わたしは、うまく言えることばを探した。

しかし、言い淀むだけのわたしを見て、妹は笑った。

「ごめん、ごめん、お兄ちゃんには恋人なんて、無理よね」

わたしは言い返した。

「なんだって？　ふみちゃんには好きな人がいるのか」

「いないわよ。お生憎《あいにく》さま。お父さんみたいなこと言わないで」

妹はそう言ってわたしから目を離すと、

「もう向こうへ行って。あたし、明日の予習があるから」と言って勉強机に向き直った。

わたしは、その後ろ姿を見て、佐野さんにもこんな頃があったのだろうかと思った。

㈤

数日、逡巡したあと、わたしは佐野さんの家に電話をかけた。彼女が姉の家から戻っているると聞いていたからである。折よく、彼女が受話器を取ってくれた。

わたしは父親が入院して母親が看病に出かけているうえに妹がまだ高校生だから家にいる必要があることを、連絡をしなかった言い訳じみて話した。彼女は、

「心配ね」

と、同情してくれた。そして彼女のほうでも家の引っ越しが必要になって落ち着かないでいると言った。

彼女の父が会社から今度はドイツ勤務を命じられて、自分も夏にはドイツに行くことになったという。父親が先に行き、住む家を探し、母親と妹は三月にはドイツに行くが、自分は姉のところに居候してしばらく専門学校でドイツ語の勉強をすることにしたという。

夏にはドイツと聞いて、わたしはあわてた。彼女の顔を見ることができなくなる。怖くなった。彼女の家からも近くて比較的大きな井の頭公園で会おうと、約束した。彼女は電話をくれてありがとう、と言っていた。自分の事情が父親の転勤ですっかり変わったことをわたしに話さなければと思ってくれていたらしかった。わたしは、その気持ちが嬉しか

った。

数日後、約束通り、近くの駅で待ち合わせて公園に向かい、池の周囲を歩いて回りながらいつものように話した。中身は覚えていない。しかし、彼女が隣を歩いているだけで、自分の胸の中にある世界が五感の届く限りに広がっていた。優しく輝くものが見える限りの空間を覆い、耳に聞こえる限りの音を覆い、鼻に吸い込める限りの大気を覆い、皮膚に感触がある限りの触感の域を覆っていた。世界のすべてが、彼女と一緒にいる世界になっていた。

しかし、いつまでもそこに生きることは、わたしには許されていなかった。わたしは、いずれ彼女がつくる世界から離れて、あらためて自分しかいない世界に生きなければならなかった。

公園の端にある段丘の下から大量の水が湧き出していた。その大量の地下水が、長く延びた谷の底にいっとき滞留する。わたしたちは、その池の周りをゆっくりと巡っていた。反対側の端から池の水はあふれ、周りの住宅街から集まってくる雨水をあわせて三面張りの水路へと流れていく。あふれた水が水路へと向かうあたりが公園の端となり、そこをかすめるように井の頭線のレールが走り、改札口があるだけで駅員の見えない小さな駅舎があった。

彼女の家は、比較的大きい隣の駅にある。池の周りをまわっていたわたしたちは、小さな駅に近づいていた。駅が見えたところで、彼女の足はそちらに向かい、わたしもそれについていった。駅に近づくと、押し黙ったままでいた彼女は、不意に、

「ごめんなさい、きょうは妹が風邪をひいて家で一人で寝ているの、急いで帰らなければならないの」

と言って、わたしの隣から駆け出した。

ちょうど彼女が乗る電車がホームに入ってくるところだった。彼女は無人の改札を抜け、電車が今しがた通り過ぎた踏切を渡って、向こう側のホームに上がる階段を目指して駆けた。間に合いそうだった。階段に足をかける直前、彼女は振り返って笑顔を見せた。そして次の瞬間にはしっかりと階段をとらえて駆け上がり、発車のベルが鳴る頃には停車していた電車の陰に隠れて見えなくなった。電車の後部に乗っていた車掌は、彼女があわてて乗り込むのを見ていただろう。わたしのところからは電車の中は見えなかった。電車は通常通りの停車時間を置いただけで、出発した。電車が行ったあとのホームに、人影はなかった。

わたしの心に、彼女の笑顔が残った。何もかも許してくれる笑顔だった。

㈥

数日後、父が亡くなった。

母と妹はしばらく泣き濡れていたが、それも一日のうちに山を越え、母は気丈さを取り戻して葬儀を段取りした。親戚知人に知らせ、おろおろしながらも、わたしたちを従えて、葬儀を無事に済ませた。焼き場から帰ったときは、さすがの母もわたしたちにごめんなさいと言って、布団にもぐりこんで翌朝まで起きなかった。

数日後、貯金通帳を見て考え込んでいた母を見て心配になったが、わたしも妹も、自分のことで忙しくなっていた。気付いたときには母は仕事を探していた。そして妹は部活にのめり込んでいた。

わたしは時間を見つけて佐野さんの家に電話した。驚いたことに父親らしい声が出た。わたしが自分の名を告げて彼女と電話で話したいことがあると伝えると、今、彼女は虫歯の治療から帰宅したところで痛みで話ができず、ベッドに入って寝ていると、優しい声で言われた。わたしが、そうですか、それではまた電話します、と言うと、相手はどうぞよろしくお願いしますと言って、電話を切った。

わたしは、父親というものは娘の付き合う相手には見境なしに厳しく当たると聞いていていたので、彼女の父親の優しい物言いに驚いた。わたしは自分が置いた受話器を見つめながら、家族に深く愛されている彼女を想像した。

一週間後の電話には、彼女が出た。再会の約束はできなかった。彼女の父親はすでにドイツに発《た》って、向こうで家族が住めるアパートを探していると言った。今いる家は社員向けの家だから、母親と妹は近々ドイツに向かい、自分は一時、姉の家に行くという。お姉さんの家の電話番号を教えてもらって、電話を切った。

四月に入ってわたしは大学院に進んだ。奨学金の手続きを取り、修士課程で必要な単位の講義だけ取ることにして、大学に来るのは週に二日で済むようにした。学生証をつくり、図書館の利用カードをつくった。空いている時間は塾のアルバイトができた。塾の受付もやることにした。稼ぎ手の父親がいないのだから、悠長には過ごせないと覚悟していた。

母も仕事を探し回り、五月にはよさそうな仕事を見つけてきた。そんな様子を見て、妹は自分だけ高校に通っていていいものかと、心配になったらしかった。母とわたしは、

「ふみは心配しなくて大丈夫、みんなと同じように、なんならおしゃれして遊んでもいい」

と言って、妹を元気づけた。

五月、六月と、慌ただしく日々が過ぎた。受験生の天王山と言われた夏休みが近づいていた。わたしは、残っている時間に迫られて、佐野さんに電話をした。

わたしからの電話と知って「久しぶりね」と、彼女は明るい声で言った。わたしには、

長く電話しなかった罪意識があった。わたしは、塾のバイトや勉強の忙しさを挙げて言い訳にしたが、父が亡くなったことは言わなかった。

佐野さんは、わたしの言い訳話は聞き流して、今、自分はドイツ語の勉強をしているけれど、それがなかなか進まないでいると言った。そして、よく馬を見に行っていると言った。どこかの乗馬クラブらしい。

彼女が、馬が好きなことは聞いていた。スーパーの食品売り場でソーセージを買おうと手に取ってみたら「馬肉入り」と書かれていたのを見て、思わず落としてしまったことがあると、以前に話していたのを思い出した。この日の電話でも、馬はかわいいと、何度も繰り返した。

わたしにとっては、どの動物もかわいい。格別に馬が、という経験はない。それほど馬に親しく接したことがなかった。彼女は好きだったが、彼女の馬好きの意識に、自分の心を重ねることができなかった。わたしは彼女の話にうまく応じることばを見つけられずにいた。彼女のほうでも、わたしが馬にはあまり縁がないらしいと気付いて、「野鳥は見にゆくの?」と聞いてくれた。わたしは話せることができてほっとした。

わたしは、夏の間は塾のアルバイトで忙しいけれど、冬になったら、郊外の丘陵地で野鳥の密猟があると聞いたから、その監視活動に参加してみようと思っていると言った。

「密猟?」と、彼女は訊いた。初めて聞くことばだったかもしれない。不思議そうな声で

訊いた。山の中で網をかけて、野鳥を捕ってしまう人がいるんだと、わたしは説明した。するとと彼女は、

「ひどいね。そんなことをする人がいるんだ。がんばってね」と言った。

わたしの耳には、彼女の応援のことばが、世界中からの応援に響いた。自分は素人だから、ただほかの人のあとについていくだけだと分かっていた。その場で一緒にいる人数が一人増えるだけのことである。特別な活躍などできない。しかし彼女に一言「がんばってね」と言われると、この小さなボランティアが世界中から承認を受けたように思えた。

ドイツに行くのはいつになるのかとわたしが聞くと、もうすぐ、とだけ彼女は答えた。わたしがハガキを送ってほしいと言うと、「いいわよ」と、快諾してくれた。

それ以上、話すことがなくなって、じゃあ、と言って電話を切ろうとすると、

「元気でね」

という彼女の声が、受話器から聞こえた。

それが彼女の声を聴く最後になった。

8の㈠

夏の間、忙しくバイトした。妹も、近所で店員のアルバイトをしていた。母も仕事に出ていた。それでも朝食は一緒だった。夕食も、よく一緒にとれた。

わたしは佐野さんのことを、そうした毎日で少しずつ忘れることができるだろうかと、期待半分でいた。だが、そんな期待は自分でも本当は思ってもいない一時の思いつきに過ぎないと思い知らされた。毎日、彼女のことを考えてしまう頻度は少しも変わらなかった。

夏休みが終わる頃、約束通り、彼女からハガキが届いた。ドイツの町の住所だった。わたしは大学院では英語のゼミのクラスに出て、生物の進化について書こうと頑張っていることを書いて出した。

夏休みが過ぎて、塾のバイトも一段落して、少し時間が取れるようになった。わたしは塾のある駅の反対側に、野鳥の会の支部事務所があることを知っていた。週に一度、夕刻に集まりがあると知って顔を出してみた。探鳥会の話、野鳥保護の話、野鳥の調査の話など、さまざまな話が飛び交っていた。わたしは密猟監視の話の前に、野鳥の標識調査のための足環付けがあることを聞いて、参加してみることにした。泊まりがけだったが翌日の午前中には終わるという。寝袋持参で出かけた。

集まった数名とテントで寝て、早朝に起き出して足環を付ける小鳥を捕る網を、丘の片側に十メートルほどの長さに張った。いったん引きあげ、朝食をとり、一時間もしないうちに網を張った場所に行ってみると、小鳥が何羽も網に引っかかっていた。できるだけ急いで外してあげないと死んでしまうと言われ、各人で取りかかった。

小さな鳥は、まるで小さな精密機械だった。ゼンマイ仕掛けの腕時計の中を覗いていたときを思い出す。あらゆるものが小さく、細かい。それらが美しく調和しながら、動いている。

ぐったりしているものもあれば、まだ少し暴れているものもある。暴れると、ますます網の細い糸が体に強く巻き付いてしまう。慎重に、頭を外し、翼を外し、最後に細い銅線のような足を外す。その間、ずっと小鳥はその小さな黒い目でわたしたちを見ている。彼らから見ればわたしたちは自分を捕まえようとする恐ろしい肉食動物に過ぎない。わたしは心の中で、分かっている、ちょっとの間がまんしてくれと願いながら、その繊細な体が傷つかないように、細い糸で編まれた網を、一本一本、外した。

中に、腹に色鮮やかな橙色の色彩を持つ小鳥がいた。キビタキだった。むかし公園のベンチで見た覚えがある「ペンキ塗りたて」の張り紙と、その張り紙の裏でまだ乾かずに濡れ光っているペンキの色具合、それと同じような色彩が、小鳥の腹にあった。背のほうは黒いので、塗りたての湿り具合はない。しかし腹のほうの橙色の色彩には、乾かず濡れているような照りがあった。一瞬でも手が触れると手に色が着くのではないかと怖くなるほどの照り具合だった。

できるだけそこに指が当たらないように小鳥を網から外していたが、網を外す最後の段階には、どうしても小鳥の肩のほうから両方の翼にかけて、しっかりと押さえて持たなければならない。そうしないとキビタキは翼を激しく動かして暴れてしまう。そうさせないためには翼を押さえ込んだ自分の手の指があざやかな橙色の腹のところにどうしても触れる。わたしは恐る恐るそこに指を置いた。そして急いで黒く輝く細い脚と、その先の糸のように細い長く伸びた爪を網から外した。外した鳥は、白い布袋に入れてその口をしばる。わたしはそのあと、色がついていないか、恐る恐る自分の指を見直した。何もついていない。思わず、手を裏返して、何度か見直した。色素の跡はどこにもなかった。巧い手品を見たようだった。

わたしが五、六羽外している間に、ほかのもっと手慣れた人たちは十羽くらい外していたのだろう。網にかかった小鳥は五、六羽ずつ布袋に収まり、五袋ぐらいの布袋が集まった。布袋の中で、小鳥はなんとかならないかと、うごめいていた。それにつれて袋の布の上に山谷ができて、布袋は、うらうらと、うごめく。しばらく見入ってしまった。

わたしは思い直してほかの人の作業を手伝い、張られていた網をその場所から外すと、わたしたちは鳥が入った布袋と道具を持ってテントのところに戻った。テントのそばの土の上に置かれた布袋は、あらためてうごめいていた。足環の調査の資格を持った人が一羽一羽、袋から取り出して種類を判定し、体重を量る。次に頭頂部の羽軸《うじく》を見て、若いかどうかを判定する。その後、脚に小さな足環をはめ、放鳥する。一人が記録を取っていく。わたしはそれをそばで見ていた。一時間ほどでその作業が終わって、わたしたちは解散した。

帰り道、秋になって、丘陵地の地上からさほど高くないところを小鳥たちが次々と渡っていく姿を想像した。高い空をまっすぐに飛んで渡るのではないのだ。張られていた網は、人の胸の高さだった。しかも丘の斜面を下り気味になるところだった。それから想像できることは、彼らは林の下に生えている藪の隙間をくぐり抜けるか、そのぎりぎりの高さを、あの小さな翼を駆って飛びぬけて行く、ということだ。

一瞬の気の緩みで枝にぶつかれば、小鳥の翼など簡単に折れてしまう。それで終わりである。まるで障害物だらけの道をコースに選んだモーター・ラリーである。とてつもない動体視力と、一瞬たりとも瞬きしない眼力、さらに、藪の隙間をすり抜けるために、伸ばしたり、縮めたり、きめ細かに翼を制御する運動神経がそろわなければ、そんな真似は絶対にできない。

わたしはそれまで、小鳥の渡りというものは、飛行機に乗って気軽に海外旅行に出かけるようなものだと勝手に想像していた。自分で空を飛べる鳥を単純に羨しく思っていた。

ところがまるで違っていたのだ。世界でもっとも過酷な自動車レースですら、比べ物にならないほどの生死を賭けた危険なレースだった。しかも渡りの間、ときには一週間も、彼らは渡りのために何も食べないという。午前中だけ動いて帰ったら昼飯と考えていたわたしには、彼らの生活の厳しさは、想像もつかなかった。

小鳥たちのスピード感覚はわたしには理解する意欲すら起きない。人間的な時間のスピードは立ち止まっているときの呼吸の間隔だと、わたしは考えている。それが、心が落ち着く時間だからだ。その呼吸を速めれば、理解は早まるが、理解はそれだけ粗雑になり、あれもこれも見落として正確な理解はできなくなる。落ち着いた呼吸のもとで、一歩一歩、考えを進めることで、初めてわたしたちは本当の理解を進めることができる。それを速めたら、ちょうど不十分に咀嚼《そしゃく》したものを飲み込むように、理解も消化不良になるほかない。腑に落ちる理解にはならない。それが人間のものごとを認識する時間だ。小鳥たちの認識の時間とは違う。

しかし一方で生きている生き物の働きの基盤はつねに生化学反応だ。それは瞬時の反応であって、ゆっくりとしたものではない。目にもとまらぬスピードで化学反応は進む。二つの原子は十分に近づけば一瞬で結合し、また別の原子の結合によって一瞬で切り離される。そういう化学反応で糖分が作られ、一方でそこからエネルギーが引き出され、分子が結合され、切り離され、わたしたちは生きている。わたしたちの体の中でも、一個の細胞のうちに何百という異なる機能を持った個体の個々の化学反応が目にもとまらぬスピードで行われている。それらが全体の指示を受け、なおかつ、それぞれが作る指示のもとに、少しの狂いもなく、動いている。

化学は苦手だ。しかし、今や化学の技法で生物の働きが分析されている。わたしは論文を読みながら、これをどうやって理解して克服すればいいか悩むばかりだった。

とはいえ、想像を超えた小鳥たちのスピードも、生物を司《つかさど》っている化学反応のスピードを考えれば納得できるものだった。わたしたちは小鳥のようなスピードで自分たちの目を使えない。小鳥を見るときも、変化のスピードが少ない容姿の面だけをとらえて、かわいい、かっこいい、きれいだと、感嘆している。しかし小鳥の体の内側では、想像すらできない機能が休みなく動いている。驚嘆するほかない。

そしてそれは、わたしたちも同じだ。佐野さんの愛らしい笑顔も、同じスピードで進む化学反応に支えられて在る。愛する思いも、悲しい思いも、くだらない思いも、何もかも、瞬間的な化学反応の結果なのだ。それのどこにも、「虚無」の入り込む隙はない。

㈡

冬になって、密猟監視の予定が入った。日曜日に足環をつけた場所と同じ丘陵地に、皆が集まった。十数名だった。わたしが見知った顔は会の事務所で見た一人だけだった。あとの初顔の人たちは皆、丘陵地の近くで活動している会員たちのようだった。

わたしは皆のあとについて歩いた。丘陵地の全体が水道の水源地を保護する公園になっている。わたしたちが歩く道には、休日に自然を楽しむ大勢の人たちが歩いていた。年配の夫婦、小学校に通う子供のいる家族連れ、若い人たちと、さまざまで、まるで商店街を歩く人たちを見ているようだった。わたしは内心、こんなところで密猟があるのかと、疑問に思いながら歩いた。

そのうち、わたしは仲間のうちに一人、少し変わった行動をとる人がいることに気付いた。わたしとさほど変わらない年回りの若い男性だった。もち肌の顔の、都会人らしくないきれいな目をした人だった。

その人は、平気でほかの人が行かない道にときどき入り込んでいた。道に迷う心配はないのかなと、わたしは不思議に思った。彼が初めての場所に来ているのは分かっていた。ふつうなら、わたしと同様、皆と同じ道をたどるだろう。ところが彼は、まったく心配する素振りも見せずに、別の道に入っては、わたしたちと合流するのである。どんな自信があってそんな行動をとるのかと、わたしは不思議に思った。

ついにあるところで、彼は丘陵の尾根部分を進む道から完全に外れ、外側の斜面のほうへ下りて行こうとした。わたしは彼のあとに続いた。すると彼は少し広くなっているところ

ろに立ち止まっていた。わたしがそばに近づくと、

「ここに足跡がある。二、三日たっているけど……」

と言って、自分が立っているところの前を指差すと、狐《きつね》につままれたようになったわたしを置いて、さらに右下に下りて行った。ことばにはいくらか東北訛《なま》りがあったけれど、訛りはひどくなく、言っていることははっきりとしていた。それでもわたしは彼が何を言っているのか分からなかった。わたしが見ている前には、種々の枯れ葉の散り敷かれた冬枯れの地面が広がっていた。角度を変えても、地面に目を近づけても、そこに「足跡」など見えない。

しばらくして戻って来た彼は、「足跡は消えていた」と、残念そうに言うと、わたしの横をすり抜けて皆のあとを追った。わたしは、狐につままれた気分のまま、そのあとを追った。皆とは、すぐに合流できた。

しばらく行くと、道が二手に分かれ、散歩に来た人たちは左手に下りて行く道を進んでいった。どうやらその先に人々が集う公園施設があるようだった。皆、笑顔を浮かべ、余暇を楽しんでいた。

下りずに尾根部分を進むのはわたしたちだけになった。すると間もなく、バンタイプの白い車が道のわきに停めてあった。道の反対側に背の高いフェンスが続いていた。

リーダー役がその車の後部座席と荷台を覗いた。

「どうも、あやしいな」と彼は言った。そしてほぼ同時に、フェンスのほうに行って見ていた人が、「ここが破られている」と言った。すぐに相談が始まって、わたし一人が車のそばにとどまって、ほかはフェンスの破れ目から中に入り、その先を見に行くことになった。

人一人がやっと通れるほどの破れ目だった。破られた金網の端を一人が持ち上げて、通れるように開けているうちに、もう一人がフェンスの向こうに抜ける。それを繰り返して、皆はフェンスの向こう側に入り、踏み分け道を順に下りて行った。

わたしは一人になって、ふと不安になった。犯人がほかから現れて車に乗ろうとしたらどうすればいいか、リーダーに聞いておかなかったことに気が付いた。そうなったとき、止められる自信はなかった。

しばらくは、一人不安のままだったが、杞憂《きゆう》で済んだ。

待っていたのは十分ほどだった。中高年の見慣れぬ男一人を、自分たちの列の間にはさむようにしてみんな戻って来た。使っていた竿《さお》と鳥籠も押収したようだった。わたしは休日にたくさんの人が余暇を楽しんで集っているすぐそばで犯罪が現に起きていることを初めて知った。

見慣れぬ男はおとなしく従っていたが、それはわたしたちが圧倒的に多数だったからだろう。こちらが一人だったらどうなっていたかしれない。無理に逃げるのを押さえようとすれば、けがをしていたかもしれない。わたしは内心、恐ろしくなった。空手や柔道の類いは身につけていなかった。わたしには、とても犯人逮捕などできそうにない。

わたしの心の中に描かれていた人間の生活地図が一枚では足りないことに気付かずにはいられなかった。自分が見た通り、ふだん何の注意も払わずに歩いているところをほかのだれかが犯罪を企んで歩いているかもしれないのだ。心の中の地図に、もう一枚、同じ場所が描かれた地図を重ね、そちらには犯罪者の目で描いた地図を描いておかなければならないのかもしれない。

それは悪魔の地図だ。空き巣狙い、強盗、放火魔、すり、かっぱらい、犯罪者の数だけ、たくさんになる。一枚に描き込むのは無理かもしれない。知れば知るだけ不安になるが、それはきっと、現実に生きていく上では役に立つ地図だろう。しかし、そんな地図は、わたしには描けそうにない。犯罪に接することが多い警察なら描けるのだろうか。

きょうの犯人は押収物とともに、数人が自分たちの車に乗せて近くの警察署に連れて行くことになった。慣れたことらしく、相談は簡単に終わってグループの一部がすぐに犯人を連れてわたしたちから離れた。犯人の車はその場に置いたままだ。ほかの人たちは残りの車に分乗して帰ることになった。帰り道、わたしはフェンスの向こうでどういうことがあったのか、聞くことができた。

踏み分け道を進んでいくと、道が二手に分かれていたそうである。皆はそこで二手に分かれる相談をしたが、あの青年はその相談には加わらず、一人で先に一方の道を行ってしまったという。残りの者は二手に分かれてそれぞれ進むと、一方は行き止まりで例の青年が選んだ道の先にトリモチを据えた密猟現場があったそうである。犯罪現場に慣れた者がすぐにその場で犯人を取り押さえたという。

わたしはそれを聞いて、彼が「足跡が見える」と言っていたのは、嘘でも、ほら話でもなく、やはり本当だったのだと思った。

最寄りの駅が二つあり、地元の人たちの車二台に、それぞれの方向で分乗した。その車の中で同乗したリーダー役が、かの青年が、じつは大変な技術を取得した数少ない研究者なのだと、秘密の特別な告知の体《てい》で話をしてくれた。東北大の大学院を出て、アメリカに行き、向こうで最新の遺伝子操作の技術を身に付けて帰って来たばかりだという。遺伝子操作の技術をもつ人間はまだ日本には数名しかいないと、リーダーは得々と話した。そういう人間が密猟監視のボランティア仲間に加わってくれていることが、いかにも自慢になると言いたげな口ぶりだった。

その話を聞いたわたしは、そうだとしたら、本当はもっと聞きたいことがあったと残念に思った。

それにしても、面白い。地面に付いた足跡を見分ける技術のほうは、まるで先史時代にあった知恵のようだ。常識的には現代では化石となっている知恵だ。教わるとしたら、それこそアメリカの先住民に教えてもらうものではないか。

ところが、公には、その同じ人物が、じつは遺伝子操作の先端技術をアメリカの大学で学んできた。摩訶不思議《まかふしぎ》だった。本を読んでいてはまったく分からない世界が現実にあるのだと、わたしはその不思議に感心した。

それから十年以上後のことだが、わたしはある研究会のあとの懇親会の席で、遺伝子操作をしているある研究者から、「いのち」の不思議さを聞いた。

「いいですか、じつに分からないんですよ。わたしたちは、大腸菌ぐらいの単純なものだったら、その遺伝子を合成できるんですよ。ところがですよ、中身はまったく同じなのに、それは生きていないんですよ。生きているものと見比べて、何が違うのか、まったく分からない。一方は生きていて増殖するのに、合成したやつは、増殖などしない。壊れていくだけですよ。本当に、不思議ですよ」

その人は、ウイスキーの水割りを片手に、少し酔っているように見えた。しかし、現物を見ている人の偽らざる感想なのだろう。

生死の違いは、わたしたちの目には明らかでも、科学の目では見えない違いなのだ。電子顕微鏡でも見えないはざまに、わたしたちの生死がある。父の死と、父の生とは、家族にとっては大きな違いだ。日頃は考えていなくても、いざ事実が現れれば、その違いははっきりする。生きて元気でいてくれれば、家族の生活は同じように続いた。父が死んだことで、わたしたちの生活はすっかり変わった。

死は、身近な者には悲しみであり、悼みだ。生きていた頃のことが思い出され、その幸福が、今その人がいないことと引き比べられる。家族一緒に、楽しい時を過ごしたことが昨日のことのように思い出される。生は喜びだ。そして妹が生まれたときには祖父母もいて、家族の明るいざわめきがあった。わたしも生まれたばかりの妹を見つめて、「小さな子」を目に焼き付けた。誕生は、いつでも祝いだった。

生きているものには生死は基本の違いだ。それはだれもが知っている。動いているものを、生きているものと勘違いすることはあるとしても、生きているかどうかは手に取れば分かる。あるいは、しばらく見ていれば分かる。虫籠に閉じ込めた虫も、姿が見つからなくても、餌をかじった新しい跡を見れば、元気でいることが分かる。それがなくなったとき、虫籠の中の木切れの陰で動かなくなった死骸が見つかる。

水槽の中で泳ぐ魚は水槽の外を恐れずに生きている。水槽のガラス壁に近づき、盛んにガラスを突っつく。わたしと魚、生きている者同士で、「どうしてた?」と、魚はわたしと話したがっていた。だから死んだときには、水面に浮いて、わたしたちに悲しい姿をさらした。網ですくい取ると、小さな体から腐臭をまき散らした。そのときの死体は、水槽の管理をおろそかにしていたわたしの罪を問うているように見えた。わたしは、「ごめんね」と心に刻みながら、その小さな体を土に埋めた。

ところが、最先端の科学技術の視野のどこを探しても、生死の違いは見つからない。科学が分かるのは、動いているか、動いていないか、そして、どこで、どんなふうに動いているか、だけである。生きているものだけが持つ「生死の違い」は、科学の視野には入らない。生死は、じつは科学には分からないもの、科学にとっては永遠の謎なのだ。

結局、生死は理性の理解を超えている。理性は、それをどのように問えばいいか分からず、どのように答えればいいか分からない。科学には、問うことも答えることもできない。

ところが、わたしたち生きるものにとっては、生死の事実こそ、人生の一大事である。その問いかけに答えることができるのは、一部の人が誇る知識ではない。たぶん、広く生きる者同士が持つことができる愛だけだ。

「生は短く、学芸は長い」。人生は思い返したときには大半が過ぎている。過去は、それがどれほど長い年月であっても、小さな頭の中の記憶に、その残像があるだけだ。それはもはや「長い時間」を持っていない。記憶のシナプスをつなげる回路も、瞬間的だ。だから、思うことで振り返る過去は、そのたび、一瞬のものでしかない。そして考えるたびに繰り返し思われる過去の姿は、いつのまにか、一つの色に染め上げられている。炊かれた米粒がさんざん杵《きね》に搗《つ》かれて、臼の中で一個の餅の塊になる。そうなると、米粒ごとに切り離すことは難しい。

それと同じように、自分の中の一つ一つの記憶も、いつのまにか一つの大きな塊になって、いつも同じ味がするものになる。味を変えるためには味付けを変えなければならない。しかし、味付けを変えれば、すべてを変えることになる。なぜなら、わたしが知る世界のすべてを考えているのは、わたし独りだからだ。そのわたしが、世界を考え直すことが今できれば、今、覚えている限りの世界すべてを変えることができる。世界は、新たに味付けを変え、練り上げられて、新たな一個の塊になる。

そしてその一個の塊が記憶なら、新しい視点がありさえすれば、その記憶の塊を塊ごと新しく考え直すことができる。

とはいえ、年を取れば足元が覚束なくなるように、新たに考える視点を見つけることは、難しくなる。今やわたしも年を取った。だから、せっかくの人生を無駄にしないためにも、脳みその働きがだめになる前に、わたしはあの頃を思い出して真剣に考え直したい。考え直すことができれば、わたしは自分が味わった世界をすべて刷新できる。ほかの人の世界は刷新できないが、自分の世界だけは刷新できる。今までの人生全部を、その記憶ごと刷新して、満足して死ぬことができる。

繰り返すが、「生は短く、学芸は長い」。しかし科学や芸術が長いのは、それらが長く、じっくりと生死を扱うからではない。科学と芸術が見つけるもの、あるいは、作ろうとしているものは、科学なら自然法則を表す数学的な比の公式であり、芸術は絵や彫刻である。それらには時と空間の条件はない。実際、科学が見つける自然法則も、芸術がつくる彫像も、時と空間を超えたものだ。超えて人々に伝わり、人々に広められる。ところが生死は、どの生死も、時と空間の中にある。だから学芸は、「今」まさに「ここ」にある現実の「生死」を、在るがままに、本当の仕方で表すことも扱うこともできない。

科学が生死を語る場合、数式という科学のことばで、時間を超え場所を超えて語るほかない。あるいは、芸術は芸術の素材で形作るほかない。それは本物の生死ではない。ここに現実に在る生死ではない。実際には、生死の間に垣間《かいま》見える「像」＝「幻想」を、わたしたちは形作ることができるだけである。わたしたちは、生死の合い間にさまざまな経験に出会う。わたしたちは記憶が持った経験内容を「像」にして長く保つ。そしてそれを学芸のことばに翻訳することで、紙の上に長く保つだけなのだ。

生死はいつも、一瞬一瞬の「今」においてだけ、現に在る。それは瞬間的に結果を生ずる生化学反応である。わたしたちが思う人生の一定の時間とは、それがうまく継続している短い間のことである。実際の生死をうまくとらえようとすれば、「今」を大切にしなければならない。「今こそ一大事だ」と、受け取らなければならない。出会いであろうと、別れであろうと、どの「今」であれ、本当に「愛する」に値するものは、「今」だということが、分からなければならない。

それがわたしたちには、なかなか分からない。頭で描きあげた一連の動きだけが尊いとされる。わたしたちにとって生は、「思いのほか短い」のだ。わたしたちは、たいてい、「思いのほか短い生」を生きるだけで、寂しく、終わる。学芸の力で「長いもの」にしようと、ジタバタするが、一瞬一瞬の生は、長く延ばすことで「良いもの」になるのではない。むしろわたしたちは、一瞬一瞬の生を、その一瞬の今において愛することを学ばなければならない。そうしなければ、生死は見えてこない。そして、本当のことを学ばなければ、良い学びにはならない。同じように、本当のことを愛さなければ、本当の愛ではない。

今にして思えば、わたしのこれまでの人生の失敗も、目の前に在った本当の愛が分からなかったからだ。それを悔やむことで、せめて、わたしの心が見る世界を変えて、これからの人生、最後のいっときであれ、本当の愛を見つけることができる生き方をしたい。

9の㈠

年が明けて、修士課程の一年目が終わろうとしていた。

妹も、高校の一年が終わりに近づいていた。しかし彼女は、相変わらずバスケットボールの部活に熱をあげていた。汗臭くなった体操着を毎日のように持ち帰っていた。そして、母親の帰宅時間に合わせるように帰宅していた。

わたしのほうも、年度末が近づくまでは、塾の講師と家庭教師で忙しかった。しかし家庭教師で見ていた中学生の子は、うまく志望校に入ってくれた。喜んだ両親は最後の月謝を三か月分にしてくれた。むろん、家庭教師は卒業だった。帰り際、その家を振り返って寂しくなったが、修士論文を書くために読まなければならない文献がまだ残っていた。

三月のある日、母親からの電話で、自分は夕食を済ませて帰るから今夜は妹と二人で夕食を済ませてほしいと言われた。年度末が近づき、仕事先で付き合いがあるようだった。

その日の夕食は妹と二人になったが、妹は、母親がいないことで、かえってそれまで遠慮していた相談を口にした。家族旅行の提案だった。わたしは自分が貯めていた金額でも三人で温泉旅行に出かけられると考え、妹の提案を承諾した。

夜遅く帰宅した母も、少し考えたあとで、「そうね」と言って承諾し、翌日、週末の休みを会社に申し出てくれた。

わたしはさっそく旅行案内所に出かけた。部活を休んで急いで学校を出た妹と駅で落ち合い、二人でバスを使った安上がりな組み合わせの温泉旅行のコースを見つけ、予約した。妹は終始はしゃいでいた。

㈡

高校生の妹が提案してくれていなければその年の春も家族共通の思い出なしに過ぎてしまっていただろう。わたしは自分の研究と自分のアルバイトのことで頭がいっぱいで、母親の様子には目を向けていなかった。妹は、母に甘えながらも、母が疲れていることを見ていた。妹を、年下の女子としか受け止めていなかったことを反省した。妹は妹で、家族のみんなを見ていてくれたのだ。

その頃わたしは生物関連の文献を読んで、一つの細胞の中のさまざまな機能がそれぞれに働いて、しかも特定のものが暴走せずに全体が働くことができる、それは、どういう仕組みでできることなのかと、不思議に思い始めていた。

そういうことを考えていた最中に自分の家族の中での妹の働きを見て、「協力」は、人間だけの特別なことではなく、生きているものにとって通常のことかもしれないと思った。

生きている生物にとって、すぐそばのものと協力し合うことは、「生きている」ことと別のことではなく、協力し合うことが、むしろ生きていくこと自体なのかもしれないと、わたしは思い始めた。

ところが一般には、「戦う」ことが、生き物全般が、「生きる」ことだと見られている。生き物は、どんな生き物も、生きていくうえで乗り越えなければならない無数の問題に囲まれて生きている。日々、無数の問題を乗り越えることが日々を生きることなら、それは息の抜けない「戦い」だと言える。そのときは、生き物が「生きる」ことは、「戦い」だと言えるだろう。進化も、生き残るための戦いがあって、それに勝ち残ったものが他よりも進化したものとして生き残るのだと言われている。つまり進化の競争に、一歩でも先んじたものが生き残るのだと言われる。

しかし、それなら、もっとも古い形を保っていると言われるバクテリアが、実際には地球上でもっとも多くいまだに生きているのは、どうしてなのか。それとも、彼らも、他のバクテリアに負けず、最高の仕方で勝ち抜いて進化した結果なのだろうか。

だが、人間と魚を比べたときは、人間のほうが進化していると見られている。人間の受精卵が分割を繰り返してヒトの姿になっていく途中、魚のような形になる。それは、人間が魚から進化した証拠のひとつと見られている。たしかに一般に人間はもっとも進化したもっとも優秀な種だと見られている。

しかし、進化の競争に負けたはずの魚も、今でもたくさん海の中で生きている。人間の数より多い。だとすれば、人間とバクテリアを比べても、同じことが言える。人間のほうが進化している。しかし、その数は、圧倒的にバクテリアのほうが多い。つまり「負けた」ほうが、実際にはたくさん生き残っている。

生き物は、戦いもするが、それは勝ち負けにならないのではないか。本当は、皆で生きていくために、個々の場面では戦っているように見せかけながら、その実、互いに協力しているのかもしれない。わたしは気になり始めていた。家族の中の妹の「協力」は、わたしにとって「思いのほか」わたしの研究を導いてくれる出来事になった。

そしてちょうどそれと前後して、わたしはマーギュリスの「細胞内共生説」を知った。それはやはり「思いのほか」の内容だった。

真核細胞の中で現在働いているミトコンドリアという小さな生き物は、自分が棲み込んでいる細胞の遺伝子とは別の「自分の遺伝子」を持っているという。つまりミトコンドリアは、その周囲の細胞の一部ではなく、ほかからやって来た生き物だというのである。つまり、もともとは別のバクテリアで、一方が他方にもぐりこんだらしい。真核細胞の核内にあるＤＮＡと、核外にいるミトコンドリアのＤＮＡがまるで異なるというのは、たしかに、この二つが、もともと別々に誕生してそれぞれ別々に生きていたことの疑いようもない証拠だった。

それはちょうど、野良猫が家の外から入って来て、いつのまにかその家の家猫になっているようなものである。その家でも、その猫のおかげで笑顔が増え、家族の間で話すことが増える。猫の寿命が延びると同時に、家族の寿命も延びるだろう。仕事もうまく運ぶようになって、子供が増え、家族、親戚が増える。

そういう猫と人間の生活の変化と同じように、細胞の中に、あるときミトコンドリアが外から入り込んだ。細胞は、傷ついて死ぬのではなく、かつては周囲の環境とうまく合わずに活動が沈滞していたところ、エネルギッシュなミトコンドリアが来てくれたおかげで、すっかり元気になって、自分の細胞を増やし、自分のところにミトコンドリアを喜んで共生させるようになったというのである。

真核細胞生物が、その後、多細胞生物に進化し、爆発的に多様な生物種を生み出す原動力になったのは、この「協力」からだったと言われていた。

妹が成長して、母とわたしと同じように、同じ家の中で大人の協力ができるようになったとき、わたしたちの家族も、それまでとは違って、お互いに、ずっとうまく暮らしていける家族になった。当時は、まだそれをうまくことばにできなかったが、そう感じていた。事実、家族旅行の間、わたしはそれまでになかった内心の喜びに出会っていた。

同時に、生物進化に関する修士論文の内容も、この「生物協働説」でなんとかまとめることができそうな予感があった。「協力」が進化を推進し、進化を通じて生物は種を増やし、それが時代ごとに、多数の生物種が互いに協力し合って特有の生態系をつくっていたと言えそうだった。

カンブリア紀にも、恐竜の時代にも、食物連鎖があった。その連鎖を支えていたのは、太陽光エネルギーの取り込みとその消費という植物細胞内の瞬時の循環であり、一方で生態系は、それをさらに時間をかけて多様な生物種の間で栄養分を回し、協力する関係を実現していた。だから「生態系」とは、何よりも「生物どうしの協力関係」だ。たしかに生き物の間の食物連鎖は、一見、「競争関係」に見えるが、競争の基盤にあるのは、養分を無駄なくやり取りして全体の生態系を維持していく生命の「協力関係」だと見ることができる。

事実、一方的に他から養分を受け取る生物種はいない。どんな生き物も、何かで死んで、その養分はほかの生き物に利用される。植物を動物が食べ、動物はそれを消化して糞を出す。そしてそれが植物を成長させる。まず受け取り、次に与えることが、生態系の中で循環している。

循環している変化の状態では、何が先で、何があとか、分からなくなる。卵が先か鶏が先かの問題だ。受け取り、与える循環のループに入ってしまうと、だれが得をしているのか、損をしているのか、分からなくなる。生死の順番さえ怪しくなる。

地球が海で覆われていた時代、その海のどこかで、生の無い状態から生命が生じた。生がない状態とは、死の状態だ。それなら、この地球で、生命は死んだ物質から生じたと言うことだってできる。死から生が生じたのだ。そのあとになって、ようやく死が生から生じた。生と死は、だから対立などしていない。そう見えるだけだ。

そして今や地球上には数えきれない生き物が生きている。同様に、数えきれない生き物が死んでいく。素早く生きて死ぬものがいる。またゆっくりと生きて死ぬものがいる。どんどん分裂して増殖するものがいる。そのどの生き物も、何かを受け取り、何かを与えて、生きて、死ぬ。受け取ってから与えているのか、それとも、さんざん与えてから少しだけ受け取っているのか。生態系の中に入ったエネルギーの目まぐるしい循環は、どちらなのか、見分けることができない。

生き物の世界にある生死の循環、養分の循環、イオンのやり取りは、ものごとを損得勘定で考え、勝ち負けで人生を考える人間の思考を混乱させ、困惑させる。

禅の公案は、拍手するとき、どちらの手が鳴ったのか、考えろと言う。生化学の基本図式である酸化と還元は、逆方向であっても、どちらにも、容易に行き来する。生命の働きである生化学反応は、どちらにも向かう。容易に、瞬時に、生は死に変化し、死は生に変化する。だから自己の生を前提に何であれ考えることは、愚かなことだ。

ゴキブリは台所に出没していつか人間に見つかって叩き殺される。そのゴキブリは、隠れて無数の卵を産む。人間は一匹のゴキブリが出てくるのをハエ叩きで待ち構える。しかしゴキブリのほうは家の中にたくさんの食べ物を見つけ、その栄養を無駄にすまいと無数の卵を産み付ける。

確信があったわけではない。しかしわたしには、次第にそう思えてきていた。

(三)

温泉旅行当日の朝、わたしたちは都心のバスターミナルで観光バスに乗り込んだ。走り出したバスの座席に落ち着くと、母はすぐに寝てしまった。

妹とわたしは、着いた先でどうするか相談していたが、そのうち、父親と一緒に出かけた旅の思い出話になった。話してみると、妹のほうが憶えていることが多かった。山にハイキングに出かけたこと、海の家でスイカを食べたこと、二人で話してみると、家族旅行の思い出が次々によみがえった。すっかり忘れていたが、両親はわたしたちのために毎年のように旅行に連れて行ってくれていたのだ。わたしは自分の見ているものに夢中になるだけで、ほかのことは何も考えていなかったような気がした。

その合間にも、わたしの胸の中の佐野さんが心に現れて、わたしを黙らせた。わたしは妹に気付かれまいと、その姿を振り払おうとしたが、妹の手指を見ても、佐野さんの細くてきれいな手指が思い出された。

妹がわたしの沈黙を不思議そうに見ているのに気付いて、わたしは、自分の研究のことを話してごまかした。進化のことなら、いくらでも話せることがあった。妹が聞いているかどうか、そんなことは気にせず、わたしはむしろ内心を妹に気づかれまいと、滔々《とうとう》としゃべった。

いつの間にかバスは道路の両側に木立が広がる山の中を走っていた。目的地はそれからすぐだった。

バスは温泉街の駐車場に着いた。母は、ぐっすり寝ていた。わたしたちが揺り起こすと、すでに目的地に着いていることに目を丸くして窓の外を確かめていた。わたしたちは笑った。母も笑っていた。

手荷物を持って他の乗客のあとに続いてバスを降りると、ひんやりとした山の空気があった。土産物の店が駐車場の脇を取り囲んでいた。そして黒い汚れが目立つ雪の塊が、駐車場や道路わきに残っていた。

わたしたちはあたりを見回して、泊まる旅館を探した。こぢんまりした旅館が見つかった。案内された部屋に手荷物を置いて、あちこちに湯煙が見える温泉街を散策した。昼食にそばを食べ、母は宿でもう少し休むと言って宿に戻った。妹とわたしはあたりの山道を探訪した。硫黄のにおいがあるからか、聞き耳を立てていたが、鳥の姿はあまりなかった。しかも山の上のほうはまだ雪が残っていた。わたしたちの足元は雪道には耐えられなかったので、あきらめて街に戻った。

　土産物店を覗きながら温泉街を再度散策してから妹とわたしは宿に帰った。そして家族風呂を提供してもらって、三人で一緒に温泉につかった。母は、成長したわたしたちの体を、目を細めて見ていた。

　翌日、帰りのバスまで時間があった。宿の主人に聞くと、電車を使って数駅先に古い神社があると教えてくれた。さっそくそれを見に行った。趣のある長い石段を上った先に古い社があった。途中に、粗削りの彫り跡を見せた墓石が並ぶ一角があった。名が刻まれた墓石は少なかった。古いものなのだろうと思った。

　このあたりでも、たくさんの人が、生まれ、死んでいったのだろうと、あらためて思った。人間の世の中、生死があるのは当たり前のことだが、ここではそれが苔《こけ》むした境内の中に囲い込まれて町の空気から切り離されていた。静かにそこを訪ねる者にだけ、生死を思い起こすすべを与えていた。

　駅に戻り、帰りの電車に乗った。電車は都会を走っていたもののお下がりのようで、両側の窓際を背にして長い座席が連なっていた。都会で見慣れた車内だった。ちょうど三人分空いていたので並んで座った。

　わたしたちの前にも、何人かの乗客が座っていた。中に、おじいさんと、まだ小学二年生ぐらいの女の子がいた。女の子は、座席の端に腰をぶつけながら体を揺らしていた。そしておじいさんから聞こえてくる話に、何度も頷いていた。わたしはその様子を見ていたが、何を言っているのか、気に留めなかった。二駅で、わたしたちは降りた。

電車を降りて改札口に近づくとき、母がわたしに、

「前に座っていたおじいさんと女の子、見た？」

と聞いてきた。わたしは頷いた。すると母は、

「あのおじいさん、あの子に、辛抱だ、辛抱だって、何度も言ってたわね」と言った。

わたしは、それは聞いていなかったので、「そうだったの？」と答えた。そして何があったのだろうと思いながら、先ほど目にした二人の姿を思い出していた。

母も、「何があったのかしらね」と言うと、黙ってしまったわたしから離れて、妹の近くへ行った。

女の子に、何かつらいことがあったのかもしれない。とはいえ、それがおじいさんにはどうにもならないことだったのだろう。がまんするしかない。女の子は、そのことは十二分に納得して、なお、泣くこともできず、座席の座り口の角に自分の体をぶつけて気を紛らわしていたのだ。着古したシャツとズボン姿のやせた女の子だった。何があったのか、そしてこれからどうなるのか。きっとしばらくは、彼女には希望が見えない生活が続くのかもしれない。がまんして生きて行くほかない。

言うまでもなく、偶然前の座席に座っていただけのわたしたちには、事情を聴いて相談

に乗ってあげることはできなかった。母としては、おじいさんの言っていた「辛抱だ」ということばが、突然連れ合いを失った自分に対して言われているように聞こえたのかもしれない。

そして、想像の中でわたしの耳に聞こえていた「辛抱だ」という声は、それから数ヶ月後のわたしにとって、思いもよらず、亡くなった祖父の声になった。

㈣

わたしたちは父の一周忌を済ませて、日常に戻った。わたしはさっそく、土産物店で買った絵ハガキを佐野さんに送った。修士論文はうまく書けそうだと、そのハガキに書いた。しばらくして佐野さんからハガキが届いた。自分のいるアパートの前に大きな木があり、毎日、野鳥が鳴いているけれど、姿は見えないし、名前も分からない、とあった。

遠いドイツの樹木も野鳥も、わたしには想像がつかなかった。窓辺で野鳥の声を聴いている彼女の姿が思い浮かぶだけだった。ドイツ語が分からないので、外出も億劫《おっくう》になっているという。わたしは彼女の寂しさを受け止めなければいけなかったのだろうけれど、心に引っかかるものを感じながら、そのときは何を書き送ったらいいか分からず、返事を書かなかった。何を書き送ればいいか思い迷ううちに、わたしは自分の研究論文の制作にの

め り込んで、彼女のことを忘れかけていた。

七月に入ったある日、彼女からハガキが届いた。

「たくさんの手紙、ありがとう。わたしは日本に戻ることにしました。帰って落ち着きます」

最後の、「落ち着きます」のところだけが、英語になっていた。わたしはそれを見て、彼女のメッセージが、手に取るように分かった。彼女は日本に戻って結婚するから、わたしの手紙はもう受け取れない、というのだ。その「落ち着きます」という英語の熟語のなかにある「down」という単語が目に焼き付いた。その中に、一人の大人の女性として、一つ所に家庭を築くことにした彼女の決意が見えた。

そしてその決意は、わたしとの関係を切ることを意味していることも、はっきりしていた。わたしはそれでも彼女のハガキの短い文面の中に、わたしに対する優しい気遣いを覚えていた。わたしは、しばらく彼女に手紙を書いていなかった。最後にもらった「寂しさ」を告げるハガキに、返事を書いていなかった。それでも、彼女の短い文面には、恨みのかけらも見えなかった。

「今までありがとう、わたしは結婚して落ち着くことにしました。元気でね」という、彼女の気持ちだけが、繰り返し、わたしの心に響いていた。わたしの心は、その声に対しても返事ができなかった。

母親から聞いた、同じ電車に乗り合わせたおじいさんの「辛抱だ」ということばと、それを聞きながら、懸命につらさに耐えていた女の子の姿が、わたしの胸にあった。あのときの女の子のように、わたしの目にも、涙は流れなかった。わたしの中で懸命に生きようとする「いのち」が、わたしの中の生の循環が滞ることを絶対に許さないと、わたしに迫っていた。「これからお前はどうするのか」という問いを、わたしに突きつけ、わたしの心を緊張させていた。

わたしは、彼女からもらっていた数葉のハガキを引き出しから出して、その日、一日、「どうしようか」と考えた。

翌朝、雲を通した太陽のにぶい光と、大きな雨音を窓の外に感じ取って、わたしは目を覚ました。目覚ましを見ると、十時を過ぎていた。妹と母は、もうとっくに家を出ていた。わたしは思ってもみなかった自分の寝坊に驚いて、ベッドから飛び起きた。しかし、わたしはその日、特に塾のアルバイトもなく、家にいられる日だった。そう思い直して、あらためて、ベッドの上で「どうしよう」と思った。

雨音が耳に響いていた。その音を聞いているうちに、わたしは野鳥を見に出かけたことがある多摩川の流れを思い出した。そして、ごみ箱には入れられなかった彼女のハガキをその流れに託そうと、思いついた。ほかにはどうすることもできないと思った。

わたしはベッドから出て顔を洗い、着替えると、数葉のハガキを一枚の白い封筒に入れて胸のポケットに仕舞った。外は、梅雨の終わりによくある土砂降りの雨だった。傘をさしていても、撥ねた雨露で足元や肩が濡れた。わたしは駅まで急ぎ、電車を乗り継いで多摩川に架かる大きな橋の近くの駅で降りた。

雨の勢いは変わっていなかった。わたしは雨粒が落ちてくる空を恨めしい思いで見上げ、傘を開いた。駅を出てそのまま橋に向かう。川を越える橋は、二車線の広い道路になっていた。橋の両脇には数メートル幅で歩道がある。歩道を歩く人はほとんどいない。たまに自転車が通るだけだ。

道路にはひっきりなしに車の通行があった。暗い雲に覆われた空からは、雨粒が車を激しく叩いていた。歩道を歩くわたしの傘も叩いていた。そして傘の上で撥ね、足元で撥ねて、わたしの足元を濡らした。雨粒は走り去る車のボンネットの上で撥ね、アスファルトの道路の上で撥ねていた。雨水は車の窓ガラスで半円を描くワイパーに拭い落され、走る車の太いタイヤに押しつぶされ、悲鳴のような音を立て続けていた。

わたしはときどき橋の欄干に寄って川面を覗きながら、橋の中央を目指した。橋の下に見えた多摩川は黄土色の濁流だった。晴れた日に鳥を見に来たときは、いつも中央に中州を広く残して、いっときの間、川は中州をはさんで二つの流れに分かれ、浅い川底を覗かせながら細々と流れていた。上流まで広がった都会が水のほとんどを奪って、多摩川は涸《か》れかけ、あえいでいる姿を見せていた。しかしその日は、梅雨の終わりの豪雨のもとで、多摩川は様子を一変させていた。

きょうは、高く土地を盛られた河川敷だけを残して、川幅いっぱいに濁流が広がっていた。あたりの泥を巻き上げて汚れた流れだったが、わたしはその景色には驚かなかった。あたりは大雨になっている。大きな流れは、本来の多摩川が見せる当然の姿だった。むしろ多摩川は、大雨のせいでようやく本来の水量を得て、元気を取り戻していた。

橋の中央の当たりをつけようと、わたしは十歩も歩かないうちに何度も欄干に寄り、川面を覗いて、どのあたりが中央になるか見定めた。そしてそのたびに、荒くれる川面に川の元気な様子を見て、内心、嬉しくなっていた。

わたしは、彼女から来ていたハガキを捨てに来ていた。もしも川が元気なく流れていたら、川に申し訳なくて、わたしはハガキを捨てられなかったかもしれない。川が元気に流れているのを見て、わたしは良心の呵責《かしゃく》を感ずることなく捨てられる、と思った。

言うまでもなく、彼女から来たハガキはわたしにとってゴミではなかった。一介のゴミなら、ゴミ箱に捨てることができた。ゴミではないから、それどころか二度と持つことができない一生の宝物だから、ゴミ箱には捨てられなかった。とても大切なものだから、大切なものと知って、喜んで受け取ってくれるものに、受け取ってほしかった。

しかも、わたしの恋がわたしの胸の奥底の秘密で始まったように、わたしはわたしの恋を、永遠の秘密で終わらせたかった。

川は、人々の目には開放されているが、完璧に沈黙を守ってくれる。水量を得て元気になった多摩川は、川面をうねらせ、橋の下で上下していた。わたしの捨てるハガキを、手を差し伸べ、喜んで受け取ろうとしてくれているように見えた。

橋の中央にたどり着いたわたしは、だれも見ていないことを確かめようと、立ち止まって、来た道と往く道の先を見回した。霧に煙る橋の向こうまで、人の姿は見えなかった。わたしは胸のポケットから封筒を取り出し、橋の欄干に寄って、欄干の外側に封筒をいったん押し当て、それから、手を離した。

封筒は橋の下を吹いていた雨風にあおられ、しばらく空中を舞って、十メートルほど下流の水面に落ちた。平らになって水面に落ちたせいか、封筒は水面に浮いて、上下動を繰り返しながら下流に運ばれていった。わたしはすぐに沈んで見えなくなると予想していたので、その様子に驚いた。封筒を運ぶ川の流れは、思いのほか、ゆったりとしていた。ゆっくりと、自転車をこいでいるときのようなスピードに見えた。

わたしはだれかに見られていないか不安になって、再度、あたりを見回した。川面を覗いている人は橋の上にはいなかった。土手の上を、人がひとり、歩いているのが見えた。しかし立ち止まってはいない。気付かれている様子はなかった。

しかし四角の白い封筒は黄土色に染まった水の上で想像以上に目立っていた。それは祭りで練り歩く神輿《みこし》のように見えた。あるいは、白い封筒をいただく川面は、デモの行列の中でプラカードを上下に振って訴えている人の波のようだった。

白い封筒は一級河川の川面で幾度も上下していた。それは寂しがっていた彼女に対する気遣いがわたしになかったことを周囲に訴えているように見えた。たしかに、自分の胸にあらためて問われれば、わたしは、わたしの間違いを訴える白い封筒を、秘密裡《り》に捨てた。その罪は認めるほかなかった。それでもわたしは、この犯罪をだれにも気付かれませんようにと、雨の中で傘に隠れて祈った。

ようやく白い封筒は、遠い視界の先で、流れが右に折れ曲がるところに至って、流れに逆らって立っていた木の陰に隠れて見えなくなった。

わたしは、ほっとした。しかしほっとしたと同時に、未練が残った。心の中で、あとしばらくの間、封筒を追いかけて、霊柩車《れいきゅうしゃ》に積まれた棺を見送るときのように、しっかりと「お見送り」を済ませたくなった。

わたしは橋を渡り切って、その先にある駅に向かった。川に沿って走る線路があることを、わたしは知っていた。その電車に乗って、しばらく「お見送り」をしようと思った。

駅に着くと、折よく川下に向かう電車がホームに入ってきた。電車は空いていた。わたしは川の方角が見えるように、川とは反対側の席に座った。電車は何も知らずに動き出した。

封筒はすでに遠く川下に流れてしまっていたに違いなかった。電車のスピードは速かったから、追いつくことはできる。とはいえ、わたしにとっては、ただ気持ちの上で同じ方向に向かってもう少しの時間、封筒と歩みをともにしたいだけだった。もはや実際に川面を下る封筒を見つけることはできない。先ほど見た、川面を上下に漂いながら下っていく封筒の姿が、心の中で、まだくっきりとした姿をとって残っていた。

その映像を胸に抱きしめているわたしを、電車は近くを流れる川に沿って、封筒が進む方向へ、一駅一駅、運んだ。ガタン、ゴトンと、電車は昔懐かしい音を響かせて進んだ。電車が次のレールに乗るたびに、レールが下にある枕木を一定のリズムで敷石に押し込んでいく。長年使い続けて側面に錆《さび》の入ったレールが、頑張ってわたしの乗る電車を支え、ゆるやかに息をしているようだった。歴史のある音楽ホールで、客席に座るわたしに、一流の演奏家が懐かしいクラシックの音楽を聞かせてくれているようだった。胸の中の、佐野さんに対するわたしの「懐かしい思い」が、血を流して、心はキリキリと痛んでいた。それをゆっくりと、慰めてくれた。

都会に利用され尽くされ、傷ついていた多摩川は、佐野さんから来たハガキを受け取り、運んでくれていた。そして、使い尽くされて古くなったレールが、傷心のわたしを、リズミカルな音で、優しく慰めてくれていた。本当に、ありがたいことだった。

乗り換えの駅に着いたので、わたしは席を立った。電車を乗り換えれば帰宅は容易だった。気分は晴れやかだった。きっとあの封筒の中のハガキたちも、わたしが家に帰りつく頃には河口にたどり着き、海に出ていくのだと思った。あとはわたしの知らない世界だった。大海の波間をただよいながら、ゆっくりと、わたしの手の届かない世界、わたしが想像できない世界、わたしが思い描くことも、希望することもできない幸せな世界に、進んでゆくに違いない。「元気でね」という佐野さんの声が、明るく手を振る彼女の姿と一緒に、わたしの胸の中を通り過ぎた。

㈤

別のルートをたどって帰宅したわたしは、これで佐野さんへの思いは済んだことにできると思っていた。ところが、わたしは自分の思考ではどうにもならない「傷」というものがあることを思い知らされた。それから一週間、食事の時間になっても、食道が締めつけられた。口に入れたものがなかなか喉を通らなかった。家族と食事をすると母や妹に心配されてしまうので、わたしは仕事を装って食事の時間をずらした。

ところがその症状が収まったと思ったら、今度は電車に乗ると、離れている他人の声が頭に高音で響いて神経にさわった。手で耳をふさぎたくなるほどだったが、なんとかがまんした。そしてその症状が出なくなる頃、今度は道を歩いていて、ふと、頭の中に白骨が現れ、それが視界に映る道路わきに転がっているような錯覚に襲われた。二回くらい、そんな症状が出た。

わたしは自分の精神が狂うのではないかと、心配になった。しかし、ひと月たって、症状はそれきり自然に収まった。

10の㈠

ようやくわたしは自分の身心を取り戻し、もとのわたしになった。夏休み中は塾の講師で忙しかったが、夏休みが終わる頃には早々と修士論文をほぼ書き上げるところまで来ていた。

わたしは半年後に卒業を控えて、就職先を探し始めた。大学の就職課では出版社を勧められた。わたしも、それは穏当だと思い、いろいろと生物系、医療系の出版社を探し、電話で採用の問い合わせをした。なかなか適当なところが見つからなかった。

しかしそうこうするうちに、検査入院した母親に癌が見つかった。わたしだけが医師に呼ばれて、進行性の肺癌だと告げられた。手術が成功するかどうかは分からないと言われた。妹は高校に行っていた。母に知らせるかは自分が判断しなければならないと思ったが、手術するかどうかは待ってもらった。

検査を終えた母は病院のベッドで寝ていた。わたしはその横で母が目を覚ますのを待った。

これは天罰かなと、母のベッドの横で考えた。母は、妹とわたしのためにときに夜遅くまで働いていた。最近とみに疲れている様子をわたしの前には見せていた。しかし、わたしはそれに気付かないふりをしていた。思い返してみると、佐野さんの寂しさに目を向けようとしなかったのと同じだ。自分のことだけで手いっぱいになっていた。手いっぱいになることで、残っているかもしれない自分の失恋の傷も完治すると、自分勝手に考えていた。

不幸は決して一人ではやって来ない、かならず連れだってやって来ると、フランスの諺《ことわざ》にある。そんなことをどこかで聞いた覚えがあった。

母の体臭が漂うベッドの横で、わたしは気落ちしていた。就職希望を断られることが続いていたので、その通りかもしれないと思った。そして天罰はいつ終わるのだろうと思った。お願いだから赦してほしいと、初めてわたしは神に祈った。しかし病院の白いだけの部屋の中では、自分の祈りも絵空事に思えた。とても神の耳には聞こえないだろうと、空しさを感じた。

しばらくして母は目を覚ました。どう切り出せばいいか分からなかった。事態を知ろうと妹が来てからでは、わたしは二人の前で、結局は本当のことを話さざるを得ない。そうなれば動転する妹につられて母も動揺するだけだろう。

しかし母はわたしの様子を見て、診断結果をわたしが話す前に、とにかく家に帰ってから今後の相談をしましょう、と言った。わたしは頷いて、まだ足元がふらついていた母を連れて家に帰った。

母は家に帰ると、もう少し寝かせてと言って、寝てしまった。わたしは母の勤める会社に明日も休むと伝えた。帰りのタクシーの中で頼まれていたことだった。夕方帰宅した妹は母親の寝顔を見て、何も言わなかった。医者の診断もまだだと、妹には嘘をついた。

母は高校生の妹には、自分が疲れている様子を見せないようにしていたから、妹は母の体の不調には気付かなかったのかもしれない。なぜ気付いてあげられなかったのかと、妹は自分を責めていたかもしれない。妹はわたしの嘘を疑っていなかった。

母は数日休んだだけで仕事に出るようになった。

医者の話は、母にはしておかなければならなかった。わたしは恐る恐る話した。母は、保険に入っているからもしものことがあっても大丈夫、無理はしないように気を付けるから、と言って、その翌日も仕事を続けた。妹は朝早く起きて洗濯機を回し、取り込みだけわたしに頼むようになった。掃除機をかけることと食事を作るのは、もっぱらわたしの仕事になった。

しかし母の体は数ヶ月しかもたなかった。

わたしは修士論文の提出と就職活動が重なって葬儀も最低限のことしかできなかった。妹は何日も学校を休んで掃除洗濯をこなし、供花の水を入れ替えてくれていた。

ゼミの教授も事情を知って医療系の出版社を紹介してくれた。とりあえずアルバイトで入ることになり、翌日から行くようになった。遺産相続のこともあり、役所にも度々行かなければならなかった。見落としが無いようにと、気を張る毎日だった。

(二)

なんとか会社の仕事を覚え、五月には正規の職員にしてもらえた。妹は高校三年だったが卒業したら仕事に就くと言っていた。友達のつてなどを頼って、いろいろなアルバイトをしているようだった。ときどきそんな話を聞いた。

数年が過ぎて妹は独立したいと言って自分でアパートを借りて移っていった。

わたしは家で一人にはなったが、久しぶりに鳥を見に出かけるようになった。その話を会社ですると、興味を持った人間が現れ、ハイキングに誘われたり、鳥を教えてくれと言われ、わたしは久しぶりにあちこち出かけるようになった。

仕事関係で他の会社の社員の中からも声がかかり、十二月に入った頃に鳥を見に数人の女性を誘った。飲み会でまた生物進化について熱くなったことで鳥を見に行く話になったことがきっかけだった。そのとき興味深く聞いてくれていた女性三人を、話の勢いで誘ったのだ。あるいは誘ってしまったと、言ったほうがいいかもしれない。

翌日酔いがさめてから、だれも来ないかもしれないと思った。まあ、だれも来なかったら一人で鳥を見て、どこかで食事をして休みを過ごそうかと考え直した。飲酒の場の雰囲気だったから、後悔しても仕方なかった。結局、来たのは一人で、ほかの人は都合が悪くなったと、その人から聞いた。

一人、来てくれた人は、顔も名前もうろ覚えだった。あわてて、あらためて自己紹介した。彼女も合わせてくれて高橋麻衣子という名前を頭に叩き込んだ。

しかし飲み会の席で見たときと、休日の朝の素面《しらふ》のときとは、まるで印象が違った。考えてみれば男だって違うことが多い。特別のことではないと、心の中で反省しながら、ではと、さっそく待ち合わせた駅から彼女を連れて川へ向かった。

向かった川は、手紙を流した川と同じ多摩川だが、このときは別の駅からそこへ向かった。一般に鳥を見る団体がよく使う駅であり、鳥見のルートだった。晴れて、風もなく、鳥を見るのには良い日和だった。

鳥を見始めると、わたしはどうしても自分の世界に入り込んでしまう。初めて素面で話す高橋さんは製薬会社の人だった。わたしはたまたま妹が薬品店に勤めてその後結婚したことを話した。そんなことでわたしたちの間は探り合いの雰囲気から打ち解けた雰囲気になった。

川の土手にたどり着いてからは、鳥を探した。鳥はすぐに飛んでしまう。なかなか三脚に載せた望遠鏡のレンズにとらえて、なおかつ、見せるところまで鳥に同じところにいてもらうのは難しい。それでもわたしはなんとか鳥の魅力を教えたかった。

彼女は望遠鏡で鳥を見るのは初めてだという。小鳥はほんの一瞬しか見せられなかったが、川の中の魚を狙うサギは、ゆっくり見てもらうことができた。彼女は、顕微鏡を覗いてみることはよくあることだけど、望遠鏡で生き物を見るのは初めてだと言って、感激していた。

「レンズはすごい」ということで、二人の意見が一致した。笑顔があった。

人は、望遠鏡で見ても、ただ大きく見えるだけだと思いがちだ。しかし、レンズを通してみる世界は、生の世界ではない。別世界だと、わたしは思う。レンズで切り取られ、光を集められ、ときには光を分散され、陰影が新たにされることで、わたしたちの意識はレンズを通して、生の世界とは異なるレンズの世界を覗き込む。それは現にある実際の鳥の動きを見せるものでありながら、それでもレンズがとらえる世界だ。

わたしたちは、鳥がいるところにいることなしに、彼らを見る。わたしたちは、水の中に立っているサギと一緒に、脚を濡らすことはない。水に浮いているカモのように腹を濡らすこともない。草の茎にとまる鳥のように、風に揺られていることもない。ちょうど水族館が透明なガラスの板を通して水中の魚たちをわたしたちに見せてくれるように、レンズを通してわたしたちは、人間らしい暮らしのまま、ぬくぬくと小鳥たちを見ることができるのだ。

レンズの向こうで風に立ち向かって枯れ草の茎に止まっている小鳥の羽は、どこまでも繊細に震え、水の上で太陽の光を浴びているカモの羽の色は艶やかにきらめく。小鳥の冬羽は地味な色をつけている。それは背景の枯れ草に紛れ込む色でありながら、同時に、双眼鏡を通してよく見れば、単純な枯れ草色ではない。ショーウィンドウに飾られた高級絨毯《じゅうたん》のようだ。何年もかけてさまざまな色の糸が織り込められ、毛羽立たされた糸が、ことばにはできない色合いを生み出している。冬の小鳥の小さな羽に込められた進化の業《わざ》は、まさに同じ神の手だ。だれも真似できない。わたしたちはそれをため息交じりに眺める。

高橋さんはわたしの隣でわたしがうまく望遠鏡の視野に鳥をとらえようとしているのを、黙って待ってくれていた。わたしはつい、そのことにせかされて、失敗ばかりした。見せてあげられる鳥が少なくて、がっかりだと、わたしは内心思った。それでも、数羽の鳥を見ることができただけで、彼女は喜んでくれていた。彼女が持つ心のレンズが、わたしのものより高級で、透明だったのかもしれない。

わたしたちが歩いた土手堤は、奥の丘陵から流れ出てきた細い川がいっとき隣を流れ、やがて本流に流れ込むところでその細い支流に行く手をはばまれ、途切れる。サギの脚がなければその川向こうに続く土手堤にたどり着けない。わたしたちはあきらめて手前の土手堤の先端にたどり着くと、わたしはその場所で望遠鏡を立てて、多摩川の本流に浮かぶカモやオオバンなどを彼女に見せた。

お昼にしてもいい時間になっていた。わたしたちは土手の斜面の草の上にシートを敷いて持参の弁当を広げた。わたしはいつもの握り飯だった。高橋さんは、途中の店で買った菓子パンを出してかぶりついた。

　わたしは鳥を見ていた学生時代の思い出話から、会社の愚痴に話が進んでいた。高橋さんは会社の仕事で出会うあれこれの不如意には、「うちの会社も同じよ」と言って同調してくれた。空気は冷たかったが、自然の陽光のもとで、わたしたちは会話を楽しんでいた。

㈢

　わたしたち二人は土手の傾斜に合わせて土手の上に背中を向けて座っていた。わたしたちが食事を終えた頃になって、背中のほうに、大勢の人がやって来るざわつきが聞こえた。鳥を見に来た団体だった。数十人の大所帯だった。何人かが、やはりわたしと同じ類いの望遠鏡をかついでいた。

　わたしは座ったまま振り返って、その人たちが少し遠くから列をなしてやって来るところを横目で見て、自分が知っている団体とは違うなと思い、高橋さんとの会話に戻っていた。

　しばらくして不意に、座っているわたしの頭の上から男性の声が聞こえた。

「八木くん、八木くんでしょ？」

わたしは驚いて首をひねりながら見上げた。太陽の光のまぶしさの中に、同年代の男の姿があった。だれか分からなかった。しかし自分の名前を知っているのだから、知り合いには違いなかった。

わたしは慌てて立ち上がって相手を見た。にこにこと、笑顔を見せる男の姿があった。今度は相手の姿がわたしの目にはっきりと現れたが、それでも名前までは思い出せない。見覚えがなくはない、という印象だった。

彼は鳥を見る団体と一緒のようだったが、双眼鏡を持たずに立っていた。ということは、鳥を見る知り合いではない。では、と思い、ようやく気が付いた。学生時代に、喫茶店で佐野さんと話をしていたところに割り込んできて、同じテーブルに座った、あの男なのだ。そう、遠慮がちになった佐野さんを間において、男同士の話をした彼だった。

本当に何年ぶりだったか、久しぶりのことだったので、彼のほうも、どういう話を切り出せばいいか分からないようだった。とにかく彼は、わたしに思いもよらず会えた喜びを笑顔で見せるばかりだった。

わたしのほうは、思わず、「え？　どうして」と口にしていた。彼が野鳥を見る団体と一緒にいることがピンとこなかったからである。彼がカメラクラブに入っていたことは知っていた。しかし目の前の彼はカメラを持たずに立っていた。彼と喫茶店で話していたときにも到底野鳥に興味を持つ人間には見えなかった。そのときも、名前を思い出せなかったが、そのあとも彼の名前を佐野さんに聞いてみなかった。どうせ再会することなどないと思っていたからである。だから、彼と現に再会することになり、わたしは彼の名前をまったく知らずに過ごしてきたことに気付いて、追い詰められた気分にもなっていた。今さら、名前など聞けない。

ところが彼は、わたしが慌てて言い淀んでいても、まったく気に留めず、わたしのことばを笑顔のまま聞き流していた。

わたしは、彼の無言を前にして、焦って鳥以外の話題を探した。そして、とにかく彼に向けての話題としておかしくないと思い、恐る恐る佐野さんのことを聞いてみた。彼が彼女と同じくカメラクラブの人間であったことは、よく覚えていたからである。

すると、彼は「ああ」と、それまで続けていた笑顔をやめて、何かを考えるような顔つきになった。

わたしのほうは、彼が佐野さんのことでわたし以上に何かを知っていることなど、きっとないだろうと、高を括《くく》っていた。特に期待するものがあっての質問ではなかった。単に彼に向けて話題が思いつかなかっただけの質問だった。だから彼が何かを考えるような顔つきになったのを見て、むしろわたしは不安になった。「知らないよ」と言われると思っていたところが、違う反応を彼が見せたからである。

実際、知っていることなどないだろうと、高を括っていたわたしは、次の瞬間の彼のことばで、わたしより彼のほうが、佐野さんに近いところにいることを思い知らされた。

「この前、カメラクラブのOB会があって、彼女、出て来てたよ。子供が三人いるって、言ってたよ」

そして、彼女がいる町の名も教えてくれた。

わたしは「そう」としか言えなかった。そのときには、わたしの頭は三人の小さな子を連れた佐野さんの姿を想像しようと、懸命に動いていた。しかし、どうしてもぼんやりとした映像しか生まれなかった。

その間、今度はわたしの口が開かなくなった。笑顔を取り戻して佐野さんの話をしてくれていた彼も、わたしの反応の鈍さに気付いたのかもしれない。先ほどまでわたしのそばに座っていた高橋さんに気付いたようだった。彼の視線がそちらのほうに一瞬向いた。そして、わたしたち二人の邪魔をしてしまっていると反省したのか、座っている高橋さんに向けた視線をすぐにわたしのほうへ向け直して、「じゃ、今はこれで」と言って、自分が先ほど一緒に来た団体がお昼をとるために座席をつくっている向こう側の斜面に、そそくさと去っていった。

わたしはそのあとを、茫然としたまま、見送った。

㈣

突然、足元から笑い声が聞こえてきた。見ると、土手の斜面に座っている高橋さんだった。わたしを見上げて嬉しそうに笑っていた。しかしわたしの背にある太陽の光がまぶしかったせいか、わたしを一瞬見上げたあとは、視線を落とすと自分の膝を抱きかかえて笑い続けた。

わたしは、何が何やら分からず、彼女の横にまた腰を下ろした。すると隣で高橋さんは、「八木さん、おかしい。ものすごく慌ててましたよ。いったい、どうしたんですか？　あの人は？」と言いながら、笑いが止まらない様子だった。

わたしは一緒に笑う気にはなれず、「学生時代の知り合いですよ。鳥の部活で知り合った仲じゃないから、こんなところで会うなんて、思いもよらなかったから……」と、言い訳気味に話した。

隣に座ったわたしの頭は、彼女の笑い声を聞いていても、自分が彼女に笑われていると は意識していなかった。今しがた起きた事実の意味を理解しようとして、彼から聞いたことをひたすら反芻《はんすう》していた。佐野さんは無事に結婚して、わたしが知らないうちに三人の子持ちになっている。それでも時間が取れて、最近、都内のＯＢ会に顔を出した。きっと同じクラブの女性たちと久しぶりの会話を楽しんだのだろう。学生の頃、ゼミの先輩のマンションでわたしの姿を探すことなどしないで女性陣の輪に飛び込んで行った彼女の姿がよみがえった。

隣で、膝の間に顔を埋めて笑いを抑えながら、それでもときどき嗚咽《おえつ》のように聞こえてくる高橋さんの笑い声は、遠くになっていた。

先ほど佐野さんのことを話してくれていたとき、その彼の背中の向こうには、佐野さんからの手紙を流した川が流れていた。それはあのときのような黄土色の濁流ではなかったが、同じ川だった。わたしの胸は不思議な出会いに動悸がしていた。こんなことが人生に起こるのかと思った。別れて、何年もたって、佐野さんのことを知る機会が訪れようとは、思いもよらなかった。

あのときのことは、年老いた今も、わたしの体の体形をつくる骨のように、ほとんど形を変えずに記憶されている。多摩川は、わたしのつらい秘密を、黙って受け取って、どこかへ運んでくれた。ありがたかった。だから多摩川は、わたしにとってはただの川ではなかった。わたし自身の忘れられない記憶を共有している家族か親友であり、家が太い柱と框《かまち》で固められているように、あるいは、外を見る窓が、がっちりとした窓枠で固められているように、わたしが見る人生を外からがっちりと、かたどっていた。

佐野さんのことを聞いていたとき、彼の後ろには、その多摩川が変わらずに流れていた。

わたしは高橋さんにはひどく動揺しているように見えたかもしれない。しかし、わたしは慌てていたかもしれないが、多摩川に守られて、心の奥底、体の骨の部分では、その実、安心でもあった。彼の口から聞こえたものは驚くべきことだったかもしれないが、その中身は佐野さんからの幸福の便りだった。その後のことを知りたがっていたわたしに、多摩川が彼を送って寄こしたようにすら思えた。

あるいは、思い切り暴れていた孫悟空が、気付いたらお釈迦様の掌の上だったことに気付いたように、わたしの人生も、気付いたら多摩川近辺に鎮座する仏の掌の上だった、ということなのかもしれない。あるいは、わたしの恋も失恋も、全知全能の神の予定内に収められていて、あの彼は、それが本当に終わったことをわたしに知らせるために、神のもとからやって来た天使だったのかもしれない。

それにしても、彼の顔は天使というイメージの顔ではないが……。そう思うと、わたしの顔にも、笑みが浮かんだ。

いっときの後、高橋さんの笑いは収束した。同じ頃に、わたしの心の混乱も、人生には奇妙なことが起こるものだという、勝手につくった言い回しに満足して収束していた。高橋さんは満足げに、「久しぶりに笑った」と言って立ち上がった。わたしは特に何も言わず、ただ珍しいことがあったと思いながら、立ち上がって、帰り支度をした。

お互い、支度のあとを確かめて、もとの道へ歩き始めた。そこを立ち去るとき、わたしは佐野さんの消息を教えてくれた彼がどこにいるか見回したが、視野の内にはいなかった。連れの高橋さんはほかの話題を見つけて話しかけてきていた。わたしは彼とはまたどこかで会うかもしれないと思いながら、そのまま彼には何も言わずにそこを離れた。そこには、その後、何度か鳥を見に訪れたが、彼に会うことはなかった。

その後、わたしは高橋さんに近くの小さな植物園を案内された。彼女は植物をよく知っていた。最近興味があるのだと言っていた。

それから夕方になり、駅の近くの居酒屋で酒食を楽しんだ。わたしは少し酔った状態で店を出て、彼女を家まで送ると言った。彼女は一人で同じ駅の近くのマンションに住んでいて、なかで軽く飲み直して帰るように勧められ、酔っていたわたしは、結局、彼女のマンションで寝込んでしまった。

暗いうちに目が覚めると、彼女が横で寝ていた。高校生のときの経験を思い出した。前の晩、彼女のマンションに入ったあとのことは、まったく覚えていなかった。

その日は、我が家に帰ってから、少し遅れて会社に出たが、結局、この日を境に、彼女との仲は決まったレールを進むように日々が過ぎ、翌年の夏には結婚した。

その間も、小さな子を連れた女性を見るにつけ、佐野さんの日常を追うように、気になって目で追うことが多くなった。

（五）

ハネムーンはサンフランシスコになった。わたしは無論、佐野さんが子供の頃にいたところだからという理由などは言わずに提案した。しかし新妻は理由を聞いたりしなかった。当時、テレビなどでアメリカ西海岸のことが話題になっていたからかもしれない。

現地では、レストランの食事を楽しむだけでなく、レンタカーを借りて新妻の興味に応えようと、カリフォルニア大学の植物園も見学した。大きな赤い松の生える公園にも出かけた。

しかしわたし自身は、一人で朝早くホテルを出て、街中の公園から町を眺めた。街中に朝霧が漂い、次第に霧が沈み込んで消えていく姿が印象深かった。霧がまだ高いところを覆っているとき、木の葉に捕まった霧が露を結び、その露が、木の枝から、軒の雨だれのように、ぽたぽたと地面に落ちて、地面を湿らせていた。それはまるで自分が立っている地面に、木々が乳をやっているように見えた。「慈雨」ということばが、ぴったりする景色だった。こういう自然があるのだと、一人、地球の広さを再認識した。

ただ、残念だったのは、わたしたちが行ったとき、学校はまだ夏休み中だった。わたしは街中で学校に通う小学生か、中高に通う生徒を見たかった。子供の姿には不思議なほど出会わなかった。皆どこかへ行ってしまっているようだった。それでも佐野さんが見ていた町の姿を心に残すつもりで、レンタカーで街中をいろいろと見て回った。シギやチドリの渡りは海岸のあちこちで見られたが、新大陸の鳥は分からないものばかりだった。

しかし最後に、街中の小さな公園の小さな水場でハチドリの姿に出会った。喫茶店で佐野さんと話していたとき、アメリカにいた彼女が子供の頃、遊びに連れて行ってもらった山間の川で、妹とハチドリを見た話をしてくれたことが、わたしは忘れられなかった。日本では見ることができない鳥の話を、わたしはそのときうらやましい思いで聞いた。

そして、そのとき、彼女が見せた少し恥ずかしそうな顔が忘れられなかった。彼女がなぜ恥ずかしくなったのか、わたしには分からなかった。しかしそれでもわたしの心が優しく嚙まれたように、甘く痛んだ。

わたしは、ハネムーンから帰って、撮った写真や、あちこちでもらったパンフレットを集めて、アルバムにした。そしてそれを娘が中学生のとき、わたしの本棚の奥に見つけて持ち出すと、アルバムはしばらく戻って来なかった。戻してほしいと言おうかと迷っていたら、娘は「留学したい」と言いだした。

娘は高校で一年アメリカに留学したあと、高校を卒業すると脇目も振らずアメリカの大学に行き、そのままアメリカで結婚してアメリカに暮らすことになった。おかげで娘ともあまり会えなくなった。

㈥

　わたしたちの夫婦生活が幸せだったかどうかは分からない。妻とは結局別れたのだから、幸せだったとは言えないだろう。それでも、佐野さんとのことがあったあと、彼女の手紙を流した多摩川での初デートを通じてわたしたち夫婦は結婚したのだから、まったく駄目だったとは思いたくない。むしろ、きっとこれでよかったのだと思う。

　わたしたち夫婦が駄目になったと言っても、世間に迷惑をかけたわけではない。それに比べてみれば、周りの世の中は、ひどいものになった。年寄りを騙して、あるいは脅して、金を巻き上げるとか、自分は仕事をしているふりをするだけで若い人を安月給でこき使うとか、命からがら逃れてきた外国人を犯罪者扱いして収監するとか、遊ぶことにしか時間を使う意義を覚えないとか、ほかの人の仕事に乗っかるだけで自分は何も考えないで高給をとっている役人とか、政治家とか、そういう連中は、人にすり寄ることと人の足を引っ張ることに巧みなだけなのに、人前で偉そうにしている。

　とにかく、この頃は、自分を忘れてまじめに仕事をしている人間は少なくなった。やっかいな連中が加速度的に増殖して、もうこの国も、もたない気がする。

　そういう自分も、中年以降は、その種の病気にかかっていたかもしれない。会社の事務所ビルの窓ガラスを拭きに来た若い人を、ガラス越しに若い女子社員が見つめているのに気付いて、うらやむしかない自分に気付いたことがある。若くて美人の彼女に注意するのを、そのときは懸命に抑えた。あるいは、面倒な案件が出れば部下に振って、これも教育と考えて、自分は帰ってビールを飲んでしまうことも、たびたびだった。

定年になって、とりあえずその種の病人でいる必要はなくなった。ほかの人に振る仕事を定年で取り上げられたのだから、救われたのかもしれない。人頼みの病気が残っているかもしれないが、それがあるとすれば、それは後遺症だ。妻もいなくなって、ますます自分だけが頼りになった。むしろこれで良かったのかもしれない。

訳の分からない宗教にも誘われたが、おかげで少しその手の本も読んでみる気になった。若い頃、生きるのが空しかったことも、思い出した。いつその虚しさが遠く薄れたのかは、分からない。佐野さんとのことがあったあとに、両親が相次いで亡くなり、一方で、生物進化の勉強もできた。きっと、そういったことが重なったせいだろう。

(七)

最近、久しぶりに、一人でゆっくり両親の墓を訪ねた。たまに妹も来ているらしく、枯れた花が墓前に残っているのを見た。きっと半年ほど前の彼岸のときの花だろう。それを片付け、新しい花を生けながら、いずれ我々がいなくなったらこの墓も片付けられるのだろうと思う。もちろん、それでいいはずだった。そのときは、墓は役立たずになるのだから。

みんな、生きて死んで、忘れられていく。それではいけないと言う人がいるけれど、そんなことを言うのは、事実を受け入れられないだけだ。それを寂しいと思うのは、むしろ自分の人生を、人頼みにしているからではないか。この病に、たいがいの人は知らぬ間にかかっている。そして気付かぬまま、なかなか治らない。気付かないのだから、治そうともしない。

自分のところに来た宗教の誘いは、行って話を聞いても、その教えは煮え切らない生ぬるいものだった。それでも、図書館で宗教関係の本棚を覗く機会になったのは、幸いだった。

そういえば、高校で、昔の貴族は年を取って仕事ができなくなると、山の中に隠遁《いんとん》して修行僧のような暮らしで死を待ったと聞いたような気がする。本当だとすれば、昔の人のほうが気が利いている。だれも経験したことのない死を待つには、たぶん、宗教的な暮らしがいちばんに違いない。少なくとも年を取って死んだ有名な教祖は皆、心穏やかに死んだと言われているから、その真似をするのに若くはない。

仏教の本も読んでみた。「生死一如」とか、本当は、生きているときも、一瞬一瞬生死を繰り返しているだけだという。わたしは、これはむしろ科学的事実だと思う。人が母の胎《たい》を出て生まれるのは一瞬だ。そしてそのときのことは、だれも覚えていない。だから、死ぬときも一瞬であり、あの世でそのときのことを覚えている魂は無いだろう。

それに、生化学を学べば、生きる原動力となっている化学反応は、ほとんど瞬間的でしかない。細胞の小器官のうちに反応が無いときを選んだとしたら、それは瞬間的にだけ、在るだろう。わたしたちはそれには気が付かない。わたしたちの中の化学反応は、とんでもないスピードで進んでいる。わたしたちが使っていることばでは、到底追いつかない。生命組織の或る状態を語ろうとしても、語っているそばから、生命は別の状態に移っている。そして、そうやってみんな生きている。病気であろうとけがをしていようと、五体満足であろうとなかろうと、健康であろうと病んでいようと、そういうことでは変わらずに、みんな生きている。

できれば笑っていたいと思うのは、生きることを軽薄にするだけではないか。この瞬間を笑うことは、自分をごまかしているだけではないか。

二十歳の頃を思い起こしてみる。隣の友達に向かっておしゃべりしていた佐野さんに気付いたとき、虚しさに淀んでいたわたしの心の霧を、一瞬、晴らして、「生まれてきてよかった」と、わたしに声をかけたものは、一体なんだったのか。そして間髪を入れず、「生まれてきてくれてありがとう」と、わたしに言わせたものは、一体なんだったのだろう。

たしかに一瞬のことだった。長く続いたものではない。ほんの一瞬の、夢のようだと言えば夢のような一瞬だった。それでも、それがこの一瞬に生きる命に気付いた一瞬だとすれば、一瞬で十分だった。むしろこれが一瞬でなかったら、それはかえって空しい嘘だったかもしれない。

一般世間の人は、長く続く命を欲しがるばかりだ。それが自然だし、健康的だと思われている。でも、そういうわたしたちは、長く続く命を欲しがることで、空しい嘘を欲しがっているように思う。一瞬の命こそ、本当の命であって、わたしたちが希望する「いつまでも続く命」は、わたしたちが心に抱く、ただの幻のような気がする。今になって、世間の常識は忘れて、一人振り返ってみると、きっとそうなのだと思う。どう考えても、あの一瞬だけが、わたしに本当の「いのち」の世界を見せてくれたのだと、今は思う。

そういえば、娘が中学生のとき、妻が娘とひどい口喧嘩《くちげんか》をしたことがあった。娘は怒って二階に上がり、自分の部屋に入って、わざと大きな音を立てて部屋の戸を閉めた。妻はその音を聞いて、天井をにらみつけていた。

その場にいたわたしは心配になって、ラジオで聞きかじった話をして、訊いてみたことがある。母親はだれでも、赤ん坊が生まれてその子を初めて胸に抱いたとき、「生まれてきてくれてありがとう」と思うものだそうだけど、君はどうだったのかと、わたしは妻に訊いてみた。

わたしがそう言うと、娘を階下からにらみつけていた妻が、一瞬、何かを言い淀み、そしていつもと違って、急に素直な顔に戻って、「そうね」と言った。そのことが、わたしは今も忘れられない。

産院で娘が生まれたとき、廊下で待っていたわたしは、少しうとうとしていた。「女の子でしたよ」という看護師さんの声が聞こえて、わたしははっとして長椅子から立ち上がった。案内され、部屋に入ると、そこにはベッドの上で自分の胸に抱いた赤ん坊の顔をじっと見つめている妻がいた。部屋に入ったわたしに気付くと、急にいつもの顔に戻った。そのときは、不思議に思った。脅かさないようにそっと部屋に入って、まだわたしに気付かないときの妻の顔と、わたしに気付いてからわたしに見せた顔の印象がまるで違っていた。赤ん坊を見つめていた妻の顔は、何か崇高なものに魅せられていたように見えた。

二階に上がった娘に向かって天井をにらみつけていた妻が、わたしの話を聞いて、突然優しい顔になった。わたしは、それ以上、何も聞かなかったが、それを見て、長年心にかかっていた不思議が、氷解した。妻も、「生まれてきてくれてありがとう」のことばを、あのとき、自分の心のうちに聞いたのだと思う。妻は結婚しても続けていた仕事に苛々して、娘を産んだときの感動をすっかり忘れてしまっていたのだろう。わたしがそのときのことを聞いてみたことで、きっと、それを思い出したのだ。そうね、と言ったきり、黙ってしまった。もちろんわたしは妻を問いただして、そのことをいちいち確かめはしなかった。しかし、そうであるに違いなかった。

そしてわたしは、音を立てて部屋の扉を締め切った娘も、今は部屋の中で母を恨んで苛ついているかもしれないが、いつか自分が母になるとき、あの言葉を聞くのだろうと思った。そして娘には、それを忘れないでほしいと思った。

(八)

あれから、何年たったのだろう。考えてみると、もう数十年になる。娘も子を産んで、その子も、もう大人だ。娘は異国で、どうしているだろうか。生まれたばかりの赤ん坊を見たときのことを、忘れずにいるだろうか。

春の彼岸がもうすぐだ。両親の墓参りに行こうかと思っている。庭の隅に二輪草の葉が群れて芽吹き始めた。この草が地面で白い二輪の花を咲かせる頃に、頭の上で桜の花が咲く。

わたしの春はとうに昔のことになったが、庭には、今年も確実に短い春が巡ってきた。懐かしく、喜ばしいことだ。

著者プロフィール

八木 雄二（やぎ ゆうじ）

1952年東京生まれ
慶應義塾大学哲学専攻大学院卒、文学博士
NPO法人東京港グリーンボランティア理事代表
専門は西洋中世スコラ哲学、古代ギリシア哲学

著作出版
『鳥のうた―詩歌探鳥記』（平凡社. 1998年）、『イエスと親鸞』（講談社. 2002年）、『天使はなぜ堕落するのか―中世哲学の興亡』（春秋社. 2009年）、『神を哲学した中世―ヨーロッパ精神の源流』（新潮社. 2012年）、『ソクラテスとイエス―隣人愛と神の論理』（春秋社. 2020年）ほか

思い出のなかのバード・アンド・ハート

2024年１月15日　初版第１刷発行

著　者　八木 雄二
発行者　瓜谷 綱延
発行所　株式会社文芸社
〒160-0022　東京都新宿区新宿1－10－1
電話　03-5369-3060（代表）
03-5369-2299（販売）

印刷所　株式会社フクイン

ISBN978-4-286-24697-0